悦读
文库

杨喜鸿

著

心灵的一米阳光

江西教育出版社

JIANGXI EDUCATION PUBLISHING HOUSE

图书在版编目（ＣＩＰ）数据

心灵的一米阳光 / 杨喜鸿著 . -- 南昌 ： 江西教育
出版社，2016.12（2019.7 重印）

（悦读文库）

ISBN 978-7-5392-9220-5

Ⅰ . ①心… Ⅱ . ①杨… Ⅲ . ①散文集－中国－当代
Ⅳ . ① I267

中国版本图书馆 CIP 数据核字 (2016) 第 317575 号

心灵的一米阳光

XINLINGDE YIMIYANGGUANG

杨喜鸿　著

江西教育出版社出版

（南昌市抚河北路 291 号　邮编：330008）

各地新华书店经销

日照教科印刷有限公司

720mm×1000mm　16 开本　13 印张

2017 年 3 月第 1 版　2019 年 7 月第 5 次印刷

ISBN 978-7-5392-9220-5

定价：26.00 元

赣教版图书如有印制质量问题，请向我社调换　　电话：0791-86710427

投稿邮箱：JXJYCBS@163.com　　电话：0791-86705643

网址：http://www.jxeph.com

赣版权登字 -02-2017-16

目录

第一辑

悠然地装饰好自己的心窗

众里寻他千百度

在这个明星走秀的天下，赚得盆满钵满的时代，许多人都想成为生活的主角，赢得众多的粉丝和观众。可事与愿违，最终能一呼百应，桂冠加顶，誉满寰宇者凤毛麟角。可见，懂得关门，做回自己，净化心灵，才是生活的王道。

鲁豫采访白岩松，问："面对高强度的工作压力，你如何应对？"白岩松道出了他的秘诀："学会关门。"

他说，新闻主持人这个行业就是绞肉机、名利场，一个公众人物在大众的视线里可以很快成为"民族脊梁"，也可能一下子成为"卖国贼"。在这样的环境中，主持人就要学会关门，把自己放回到生活中，干自己想干的事。

白岩松说话直率，一针见血，得罪的人也多，他能够顶住外面的流言蜚语，生活得潇洒，正是因为他懂得"关门"，懂得做回自己。

曾看到过这样一个故事：

在一个美丽的花园里，苹果树、橘子树、梨树和玫瑰花幸福而满足地生活着。

花园里的所有成员都是那么快乐，唯独一棵小橡树愁容满面。可怜的小家伙被一个问题困扰着，那就是，它不知道自己是谁。

苹果树认为："如果你真的努力了，一定会结出美味的苹果，你看多容易！"玫瑰花说："别听它的，开出玫瑰花来才更容易，你看多漂亮！"失望的小树按照它们的建议拼命努力，但它越想和别人一样，就越觉得自己失败。

一天，鸟中的智者雕来到了花园。听说了小树的困惑后，它说："你别担心，你的问题并不严重，地球上的许多生灵都面临着同样的问题。我来告诉你怎么办。你不要把生命浪费在去变成别人希望你成为的样子，你就是你，你要试着了解自己。要想做到这一点，就要倾听自己内心的声音。"说完，雕就飞走了。

小树自言自语："做我自己？了解我自己？倾听自己内心的声音？"突然，小树茅塞顿开，它闭上眼睛，敞开心扉，终于听到了自己内心的声音："你永远都结不出苹果，因为你不是苹果树；你也不会每年每天都开花，因为你不是玫瑰。你是一棵橡树，你的命运就是要长得高大挺拔，给鸟儿们栖息，给游人们遮阴，创造美丽的环境。你有你的使命，去完成它吧！"

小树顿觉浑身上下充满了力量和自信，它开始为实现自己的目标而努力。很快它就长成了一棵大橡树，填满了属于自己的空间，赢得了大家的尊重。

生活如网。文凭、职称、房子、车子、儿子就像一根根丝线，缠绕着我们的身心，压得我们气喘如牛，因此，不管现实的诱惑有多大，自己有没有观众，都要做一个真实的自己。

过一种属于自己的生活

富人坐拥了无数的财富，过上了上层社会的奢靡生活，却高处不胜寒，失去了平凡人的自在和安逸。

穷人错失了财富的垂青，尽管天天与柴米油盐较量，却拥有了平淡是真的快意，收获了淡定的人生。

吃饭的时候，别老是吃着碗里想着锅里。生活也一样，别见异思迁，过好自己喜欢的生活，才不会觉得累。

有这样一个故事发生在英国的某小镇，也许能为我们诠释出生活的一些真谛。

有一个年轻人，整日以沿街说唱为生。这时，有一个华人妇女，远离家人，在这儿打工。他们总是在同一个小餐馆用餐，于是他们屡屡相遇。时间长了，彼此已十分熟悉。

有一日，我们的女同胞关切地对那个小伙子说："不要沿街卖唱了，去找一个正当的职业吧。我介绍你到中国去教书，在那儿，你完全可以拿到比现在高得多的薪水。"

小伙子听后，先是一愣，然后反问道："难道我现在从事的不是正当的职业吗？我喜欢这个职业，它给我，也给其他人带来欢乐。有什么不好？

我何必要远渡重洋，抛弃亲人，抛弃家园，去做我并不喜欢的工作？"

邻桌的英国人，无论老人还是孩子，都为之愕然。他们不明白，仅仅为了多挣几张钞票，抛弃家人，远离幸福，有什么值得羡慕的。在他们的眼中，能与家人团聚，平平安安，才是最大的幸福。

相反，中国山东一对夫妇的遭遇就很耐人寻味了。

刚刚结婚时，妻子在济宁，丈夫在枣庄；过了若干年，妻子调到了枣庄，丈夫却被调到了菏泽。若干年后，妻子又费尽周折，调到了菏泽，但不久，丈夫又因提拔调到了省城济南。妻子再托关系找熟人，好不容易才调到济南。可是不到一年，丈夫又被国家电业总公司调到重庆。

于是，她所有的朋友就给她开玩笑——你们俩呀，天生就是牛郎织女的命。要我们说呀，你也别追了，干脆辞职，跟着你们家老张算了。但是，她以及公婆、父母，都一致反对："干了这么多年，马上就退休了，再说，工作这么好，辞职多可惜。"

这个故事告诉我们，生活中不仅要有事业、爱情、家庭，还得有自己的生活。

生活的道路虽然由自己选择，但是，别忘了过好自己喜欢的生活。因为，只有适合自己的才是最幸福的。

在不断修正中前行

电脑里如果负载的东西太多就会影响运行速度，人脑也像电脑一样需要不断地卸载，卸载那些阴错阳差犯下的错误。

索罗斯是金融界的怪才、鬼才、奇才，他在国际金融界掀起的索罗斯旋风几乎席卷世界各地，所引起的金融危机令各国金融界闻之色变。

有人觉得在金融世界中办错了事令人羞耻，但索罗斯不这么认为，犯错误当然不应该引以为荣，但既然这也是游戏的组成部分，那就不必引以为耻。错误并不可耻，可耻的是错误已经显而易见了却还不去修正，还不去卸载。

索罗斯喜欢标榜自己的过人之处，不是在于他能许多次地判断准确，而别人却做不到；而在于他能比大多数人更为及时地发现自己的错误，并及时加以修正或干脆放弃。

著名生物学权威拉塞特教授看到生物学的著述错误百出，于是他宣称要出版一本内容绝无错误的生物学巨著。

经过一段时间，在众人引颈期待中拉塞特教授的生物学巨著终于出版了，书名叫《夏威夷毒蛇图鉴》。许多钻研生物学的人迫不及待地想一睹这本号称"内容绝无错误"的生物学巨著。

但每个拿到这本新书的人，在翻开书页的时候都不禁为之一怔，每个人几乎不约而同地急忙翻遍全书。而看完整本书后，每个人的感觉也全都相同，表情亦是同样的惊愕。

原来整本《夏威夷毒蛇图鉴》，除了封面几个大字之外，全部是空白。也就是说，整本《夏威夷毒蛇图鉴》里，全都是白纸。

大批记者涌进拉塞特教授任职的研究所，七嘴八舌地争相访问教授，想弄清楚这究竟是怎么一回事。

面对记者的镁光灯，拉塞特教授轻松自若地回答："对生物学稍有研究的人都知道，夏威夷根本没有毒蛇，所以当然是空白的。"

拉塞特教授充满智慧的双眼，闪烁着奇特的光芒，继续道："既然整本书是空白的，当然就不会有任何错误了，所以我说，这是一本有史以来，唯一没有错误的生物学巨著。"

拉塞特教授的幽默感，你应该能领会到：犯错是难免的，除非不去做事。然而，人生还有许多生命的空白需要填充，对错已经不重要，我们不应裹足不前，而应在不断修正中奋勇前行，涂鸦出自己最美的《富春山居图》。

有一个上帝叫自己

有位圣徒死后，墓碑上刻了这样一句话：假如人能重活一遍，那么所有人都会成为上帝。

令人遗憾的是，世上并没有后悔药。可见，做自己的决定，做一个真正的"担当人"，人生才能无悔。

鲜为人知的苹果第三位联合创始人罗恩·韦恩曾在接受采访时称，他30多年前以800美元的价格抛售了苹果10%的股份，这部分股份当前的价值高达350亿美元，但他并不为此后悔。他说："我和其他人一样也喜欢钱财，但我离开苹果，做自己喜欢的事情，也是一件很高兴的事情。在我的职业生涯中，我从来没有富裕过，但也从未挨饿，我享受着我所做的事情。"

曾听到这样的故事：有间庙宇，盖在一座大湖中央，大湖一望无际，庙中供奉着传说中菩萨戴过的佛珠，庙里只有一艘小舟供和尚出外补给，外人无路接近，把佛珠放在湖中庙里，更显现其珍贵与安全。

庙里住着一位老师父，带着另外几位年纪较轻的和尚修行，和尚们都期望能在这个山清水秀的灵境中，加上菩萨佛珠的庇佑，早日得道。这几位和尚潜心修炼，直到有一天老师父召集他们说："菩萨佛珠不见了！"

和尚们都不敢置信，因为庙中唯一的门24小时都由这几位和尚轮流看守，外人根本进不来，佛珠不可能不见，和尚们议论纷纷，因为他们都从和尚变成嫌犯。

老师父安慰这群和尚，说他并不在意这件事情，只要拿的人能够承认错误，然后好好珍惜这串佛珠，老师父愿意将它送给喜欢的人，并给他们7天来静思。

第一天没有人承认，第二天也没有，但是原来互敬共处的和尚们，因为多了猜疑，彼此间已不再交谈，令人窒息的气氛一直持续到第七天，还是没有人站出来。

老师父见没有人承认便说："很高兴各位都认为自己是清白的，表示你们的定力已够，佛珠不曾诱惑得了你，明天早上你们就可以离开这里了，修行可以告一段落了。"

隔天早上，为了表示自己的清白，和尚们一大早就背着行囊，准备搭舟离开，只剩一个双眼失明的和尚依然在菩萨面前念经。众和尚心中松了一口气，因为终于有人承认拿了佛珠，让冤情大白。老师父一一向无辜的和尚道别后，转身询问盲和尚："你为什么不离开？佛珠是你拿的吗？"

盲和尚回答："佛珠掉了，佛心还在，我为修养佛心而来！"

"既然没拿，为何留下来承担所有的怀疑，让别人误会是你拿的？"师父问道。

盲和尚回答："过去7天中，怀疑很伤人心，自己的心，还有别人的心，需要有人先承担才能化解怀疑。"

老师父从袈裟中拿出传说中的佛珠，戴在盲和尚的颈上："佛珠还在，只有你学会了承担！"

我们都知道，在滚滚红尘中，诱惑多如牛毛，误会时时席卷而来，如果我们不能担当，天天在虚与委蛇中推卸责任，洗白自己，无疑会增加心灵的重负，承受诸多无端的压力。

只有天魔才去控制别人

有这样一个故事：有一对夫妻。她从小丧母，生活困顿，窘迫得只能住在单位的小仓库里。他看见她这么可怜，就娶了她，想给无处安身的她一个属于自己的家，更想通过自己的帮助，让她能够幸福。时间一天天过去了，出乎所有人的预料，她并没有从婚姻中感受到幸福，反而担忧被丈夫抛弃，更无法回馈他的感情。而那位一心拯救妻子的丈夫，反而在这场绝望的婚姻中崩溃了。

每个人都有自己的心灵空间，不要老是把自己想象成救世主，去控制、改变别人的想法，这样只能无形中加大自己和别人的心理压力。因为这世上，只有天魔才去控制别人。

一位爱情专家曾讲过一个故事：有个男人变得很难相处，于是他的妻子离他而去，搬到了几个街区之外的公寓。她已忍受了他的恶劣行为长达20多年。她曾抱有希望，以为他会变好，可以变得温柔体贴、富有爱心，并且希望多年来付出的时间和精力，能换得与丈夫之间的亲密关系。

她的丈夫一直希望她回来，甚至在两年之后还耿耿于怀。在妻子的建议下，他决定和心理学家谈谈。在他们谈话的过程中，心理学家问他是否知道妻子希望他能改变自己的愿望，如果知道，他能改变什么来使她回心转意？

他说："她只想我对她好一点。"

"你可能对她好一点吗？"心理学家问。

"她是因为我暴怒才走的，我怎么能对她好点呢？我就是这么个脾气。"

很明显，正是他强烈的控制欲，迫使妻子离去，这就是他没有意识到的东西。在他看来，自己的一切做法，别人肯定是能理解的，而事实却表明，你不是救世主，没有理由去控制别人，也没有理由要求别人理解你的行为。

有位举世闻名的学者曾经说过："如果一个人的原则或者观点能够有55%的正确率，他就可以在华尔街成为富豪。"

这说明人的潜力虽然是巨大的，但真正能激活出来的仅仅是九牛一毛，因此，我们不要老是希望别人理解自己，重视自己。

有一扇窗的名字叫释放

破山中之贼易，破心中之贼难。

医生都知道这样一个秘密：大多数疾病都可以不治而愈。同样，大多数的烦恼都会在第二天早晨好很多。因此，就算你真遇到了烦恼，也要把烦恼当内销产品，自产自销，还自己一个清凉的世界。

记得《花样年华》的结尾，梁朝伟对着树洞说出了他的秘密——对张曼玉的爱。倾诉，成了现代人发自心底的一种渴望，那宣泄情绪的树洞都在哪里呢？不言而喻，那个倾诉的树洞，不在别人，而在每个人的内心。

有个男子好不容易存了足够的钱，买了三层楼的独栋房子。他搬出狭窄的公寓，欢欢喜喜准备展开新生活。但他很快就发现，这间房子有个很大的问题：夏天炎热到让人难以忍受。于是，他请来房屋修缮专家。

第一个专家建议他安装性能强劲的空调。但男子认为这个方法并不可行，因为房子的面积不算小，房间又多，如果安装空调，实在花费不菲，何况这么多台空调，惊人的电费也不能不考虑。

第二个专家建议他在所有的窗户上都贴上隔热纸。男子接受了这个专家的建议，但效果并不显著。

第三个专家到男子家勘察一番后，告诉他："您只要把房子交给我一天，我就可以解决你的困扰，而且不会花费太多金钱。"

男子半信半疑，但仍然答应了。

傍晚，他打开家门，原以为和往常一样，会感觉如同跨入烤箱。但奇怪的是，屋子里一点也不热，反而非常凉爽。静下心来，还能感觉徐徐微风吹拂在脸上。

男子好奇地询问专家："您究竟做了什么？为什么会有这么大的改变？"

专家说："其实很简单，我只是在屋子的最高处和最低点，各加装了一扇窗户，让空气对流罢了。"

"这么简单？"男子非常惊讶。

"就是这么简单！"专家微笑着说，"要排解热气最好的方法，就是让它们找到出口。"

有时候，我们的心就像一间房子，生活中充满种种烦恼，失去所爱的悲伤、实现不了愿望的痛苦等，就像一个燃着熊熊大火的炉灶，冒出忧伤、怨恨的热气，即使我们自认为已经把这炉火熄灭，但负面情绪仍经久不散。

而最简单最有效的方法是：在心房中多开几扇窗，污浊的空气排出了，新鲜空气才有机会进来。而这扇窗的名称就是"释放"。

当然，释放不是像祥林嫂一样逢人便讲阿毛的故事，而是去找朋友打球！

"反串"是人生最好的演技

南岳大庙的奎星阁有一副对联：

凡事莫当前，看戏不如听戏乐；为人须顾后，上台总有下台时。

有一位在别的部门担任科员的同事，工作非常努力，也很有才干，大家都知道他很想升为科长，也都认为他有当科长的能力。后来他真的升上去了，看他每天办公、开会，忙进忙出，兴奋中难掩骄傲的神色。大家都替他高兴，也祝他更上一层楼。可是过了一年，他"下台"了，被调到别的部门当专员。得知消息那天，他关上办公室的门，一整天没有出来。他当了专员后，大概难忍失去权力的落寞，日渐消沉，后来变成一个愤世嫉俗者，再也没有升过官……

上台当然自在，下台难免伤感。所以，人生要有能屈能伸的耐性，这种耐性会为自己寻得再放光芒的机会，也会赢得别人的尊重。

钱永波在定居美国洛杉矶之前，是中国内地某市分管招商工作的副市长。在工作了几十年之后，终于有一天，他害怕再这样在机关待下去，可能自己的很多梦想都没法实现，他希望早点尝试新生活。因此，他趁着年龄还不算太大，辞职去到了美国，准备开辟一片属于自己的新天地。

他去到美国之后，由于英文不好，一直都没有找到合适的工作。他没有气馁，而是疯狂地学习英文。在学习英文期间，他仍然尝试着找工作，这份工作不一定能赚多少钱，但要对他的英文水平有提高作用。不久，他被一家韩国人开的公司聘用了，但工资很低，一天只有20美元，而且工作也很辛苦，是为公司打扫卫生。

他的朋友都劝他另找工作，但钱永波不为所动，接受了这份工作。其实钱永波到那里是有自己的想法的。虽然工作很辛苦，每天还要走10公里左右的路程。他对自己的朋友说，人家雇主不但没找咱要学费，每天还给20美元的生活费，去哪里找这样的好事？

就这样，他在那家公司工作了两个月，当他摸清了想知道的情况，学到了他想学的东西的时候，他离开了那里，并立即找到了一份满意的工作，开始为开拓自己的事业而积极乐观地努力着。

钱永波，一个曾经飞黄腾达的人，在到美国之后，因为他坦然，也因为他能屈能伸，生活虽然也有过不如意的时候，但他最终实现了自己的目标。

当我们面对逆境时，如果我们做到能屈能伸，就能顺利地通过困境之门。原本如同大山一般的困难也会变得轻如鸿毛。

在当下潮涨潮落的人生旅途中，我们有时会担纲主角，有时难免会成为配角，因此，在人生大舞台上，我们要学会"反串"。

心灵的
一米阳光

阳光总会照耀心灵

面对变故，泰山崩于前而不惊；面对变故，不要试图追寻原有的生活规律，应重新开始生活，因这是一场新的竞赛。

东晋的谢安，年轻时和几个朋友在海上泛舟，突然风起浪涌，谢安的朋友都很紧张，有的甚至哭了起来，唯有谢安手握羽扇，端坐船上。等到风过浪平之后，那些人看到谢安"任凭风浪起，稳坐钓鱼台"，都有些不好意思。后来，谢安就是靠这种临危不乱的气质，在桓温企图篡位时，力挽狂澜，拯救危局；在前秦百万大军大举伐晋时，运筹帷幄，决胜千里。

电视剧《霍元甲》中有一集写的是霍元甲和日本武士宫本一郎比武一事。从实力上看，宫本的武功确实高于霍元甲。因此，一开始，宫本根本没有把霍元甲放在眼里。但是，最终的结果却是霍元甲战胜了宫本一郎。这个结果让电视中的国人高兴，也让看电视的国人高兴。高兴之余，大家都应该记住了一句话，是宫本临回国时写给霍元甲的信中说的，意思是自己武功虽高却输了，霍元甲武功虽低却赢了。自己输在气质，霍元甲赢在气质。他称赞霍元甲"泰山崩于前而不惊"。

可见，无论遭遇怎样的生活困境和变故，如果我们能像谢安那样不畏风浪，镇静自若，就有可能力挽狂澜，决胜于千里；如果我们能像霍元甲

16

那样"泰山崩于前而不惊",就有可能战胜劲敌,反败为胜。

对此,纽约哥伦比亚大学的心理学教授乔治·伯纳诺在美国《新闻周刊》上发表了文章《一个国家能承受多少》,其中提到日本人应对灾难的奇异心理状态。

日本的确很特别。它是世界上唯一一个经历过核毁灭,并存活下来的国家。根据美国随军记者乔治·维勒的回忆,长崎原子弹爆炸不到一个月,就有火车带来了返乡的幸存者。他们两手空空回到满目疮痍的城市,找出原来的家的位置,种上植物,重新开始生活。

当下的人们时刻都处在危机四伏的环境中,天灾的不期降临、职场的突然变故、家庭的裂变等都在考验着我们的承受能力和应变能力。因此,不管生活有怎样的变故,我们都应保持平静的生活状态,处变不惊,按时吃饭,按时睡觉。

有人问,身陷绝境怎么办。我说,冷静下来,兴许第二天晨曦微露的时候,阳光会照耀你的心灵,一切都已重新开始。

失败者的情敌

　　《三国演义》里有这样一个情节：西蜀的街亭被司马懿夺走之后，司马懿又率大军50万去夺取诸葛亮驻守的西城。当时城中只有2500名老弱残兵，这是一座空城。面对强大的敌人，战也不能战，守也守不住，逃也不好逃。在这千钧一发的困境中，诸葛亮毫不犹豫地隐匿兵马，城门大开，令几个老兵装作平民百姓打扫街道。他自己则登上城楼，面对城外而坐，弹琴，饮酒，怡然自得，好一派升平景象。正是这"空城计"，使司马懿仓皇逃走，诸葛亮扭转了战局，由败转胜。诸葛亮临危不惧的淡定、果断堪称典范。

　　众所周知，优柔寡断的人容易怀疑自己的能力，容易受负面情绪的影响。而我们栖身的这个社会，竞争异常激烈，优柔寡断更是使不得。

　　华裔电脑名人王安博士声称影响他一生的最大教训发生在他6岁之时。

　　有一天，王安外出玩耍。当他路经一棵大树的时候，突然有什么东西掉在他的头上。他伸手一抓，原来是个鸟巢。他怕鸟粪弄脏了衣服，于是赶紧拨开。

　　鸟巢掉在了地上，从里面滚出了一只嗷嗷待哺的小麻雀。他很喜欢它，决定把它带回去喂养，于是连鸟巢一起带回了家。

王安走到家门口时，忽然想起妈妈不允许他养小动物，所以，他轻轻地把小麻雀放在门后，才走进室内。他打算请求妈妈，允许他养那只小麻雀。

在他的苦苦哀求下，妈妈破例答应了儿子的请求。

王安兴奋地跑到门后，不料，小麻雀已经不见了。一只黑猫正在那里意犹未尽地擦拭着嘴巴。王安为此伤心了好久。

这件事给了王安终身有益的教训，他由此得出一个结论：只要是自己认为对的事情，绝不可优柔寡断，必须马上付诸行动。不能做决定的人，固然没有做错事的机会，但也失去了成功的机运。

一位智商一流的才子决心"下海"做生意。

有朋友建议他炒股票，他豪情冲天，但去办股东卡时，他犹豫道："炒股有风险啊，等等看。"又有朋友建议他到夜校兼职讲课，他很有兴趣，但快到上课时，他又犹豫了："讲一堂课才20块钱，没有什么意思。"就这样他在犹豫中度过了两三年，一直没有"下"过海，碌碌无为。

一天，这位"犹豫先生"到乡间探亲，路过一片苹果园，望见的都是长势喜人的苹果树。

他不禁感叹道："上帝赐予了这个主人一块多么肥沃的土地啊！"种树人一听，对他说："那你就来看看上帝怎样在这里耕耘吧！"

世界上有很多人光说不做，总在犹豫；有不少人只做不说，总在耕耘。成功与收获总是照顾有了成功的方法并且付诸行动的人。

在人生中，思前想后，犹豫不决固然可以免去一些做错事的可能，但更大的可能是会失去更多成功的机遇。

生活纷繁复杂，人一生不可能不犯错，知错能改，不但无损于你的形象，反而会受人景仰或赞美。

先尝尝葡萄

娇艳的温室花朵，美丽却容易凋谢；直升机般升迁的官员，仕途容易短路。这些，不为别的，只为缺少历练。

电影《大逃亡》作为一部足以载入电影史的佳片，我们必须对此表示一种尊敬，一种过程重于结果的尊敬。

那些被关在集中营当中的人大部分都身怀绝技。他们在最为精心策划、最大规模的一次越狱行动中，他们计划让250人逃跑。而过程远非我们所看到的那么简单。就像127个小时中，导演用了6分钟来解决男主角的断肢，而事实上，整个过程经历了1个多小时。《大逃亡》中选取了一个有代表性的人物来进行具体刻画，他们的越狱，以及越狱之后躲避追查的一系列惊心动魄，导演都不惜胶片来重点描绘。但是，现实总是那么残酷，结果是没有一个人逃脱。

《大逃亡》，一个没有逃亡成功的故事，却比成功来得更加珍贵，因为他让人们享受到了人生的过程。

为了心中的一个幽灵，为了一个理想的王国，无数先辈，如飞蛾扑火般前赴后继，不为别的，只为革命，当然不可避免会有人牺牲！

孙中山先生为了建立民主国家穷其一生，虽然建立了中华民国，但是仍然没有实现他建立富强、民主国家的夙愿，才留下了"革命尚未成功，同志仍须努力"的遗愿。他的爱国热忱、领袖风范、不屈不挠、屡摧不倒的人格魅力在他的革命过程中体现得淋漓尽致，给后人留下了不朽的精神财富。

聚沙成塔，集腋成裘。没有过程，哪来的塔灯闪烁；没有过程，哪来的温暖安逸。

牛顿发现了万有引力定律，没人会否认他实现了自我，但在牛顿之前那些毕生研究地球引力而没有什么突破的科学家，他们尽自己毕生精力，兢兢业业地为科学而奋斗的一生不也是自我实现吗？连牛顿都说"我是站在巨人的肩膀上"。在科学发展这个过程中正是因为有许许多多这样的科研人员的点点滴滴的积累，才有一个又一个科学硕果。

试想，在 2005 年春节晚会上引起强烈反响的舞蹈"千手观音"，如果没有演员们克服常人难以克服的困难，长期艰苦训练、持之以恒，能有舞台上那美妙绝伦的千手观音吗？

因此，我提醒大家注意：要知葡萄味，不妨先尝尝！

我们伤不起

失恋了，我们伤不起；失业了，我们伤不起；贷款到期了，我们伤不起。可见，生活就是由无数个"伤不起"串联起来的。俗话说：家家都有一本难念的经。可见，宽容别人，就是宽容自己。

有个姑娘要开音乐会，在海报上说自己是李斯特的学生。演出前一天，李斯特出现在姑娘面前。姑娘惊恐万状，抽泣着说，冒称是迫于生计，并请求宽恕。李斯特要她把演奏的曲子弹给他听，并加以指点，最后爽快地说："大胆地上台演奏，你现在已是我的学生了。你可以向剧场经理宣布，晚会最后一个节目，由老师为学生演奏。"然后，李斯特真的在音乐会上弹了最后一曲。

在当下的人看来，姑娘的行为无疑伤害了李斯特的利益，本可将其训斥一顿，甚至送上法庭，但是，李斯特选择了宽容，给了姑娘一缕心灵的阳光。

在世人的记忆中，美国前国务卿希拉里·克林顿在 1998 年夏天的经历令人难忘。她在丈夫性丑闻袭来时，所表现出的愤怒、痛苦、挣扎让世界看到了这位坚强女性的另一面。通过坚强的信念和爱，希拉里最终做出了理性的抉择：宽容！

一位老妈妈在她五十周年金婚纪念日那天，向来宾道出了她保持婚姻幸福的秘诀。她说："从我结婚那天起，我就准备列出丈夫的 10 条缺点，为了我们婚姻的幸福，我向自己承诺，每当他犯了这 10 条错误中任何一项的时候，我都愿意原谅他。"有人问，那 10 条缺点到底是什么呢？她说："老实告诉你们吧，50 年来，我始终没有把这 10 条缺点具体地列出来。每当我丈夫做错了事，让我气得直跺脚的时候，我马上提醒自己，算他运气好吧，他犯的是我可以原谅的那一条。"

这两个故事告诉我们：在婚姻的漫漫旅程中，不会总是艳阳高照，鲜花盛开，也同样有夏暑冬寒，风霜雪雨。面对生活中的一些小矛盾，如果能像那位老妈妈一样，学会宽容和忍让，你就会发现，幸福其实就在你身边。

维纳斯因断臂而美

　　有人之所以能成为科学巨匠，誉满寰球，有人之所以碌碌无为，被人遗忘，不为别的，只为巨人能明白自己对什么感兴趣，需要什么，而平庸的人却不能。

　　科学家霍金小时候的学习能力似乎并不强，他很晚才学会阅读，上学后在班级里的成绩从来没有进过前 10 名，而且因为作业总是"很不整洁"，老师们觉得他已经"无可救药"了，同学们也把他当成了嘲弄的对象。在霍金 12 岁时，他班上有两个男孩子用一袋糖果打赌，说他永远不能成才，同学们还带有讽刺意味地给他起了个外号叫"爱因斯坦"。

　　但是，随着年龄渐长，霍金对万事万物如何运行开始感兴趣起来，他经常把东西拆散以追根究底，但要把它们恢复组装回去时，他却束手无策，不过，他的父母并没有因此而责罚他，他的父亲甚至给他担任起数学和物理学"教练"。在十三四岁时，霍金发现自己对物理学方面的研究非常有兴趣，虽然中学物理学太容易太浅显，特别枯燥，但他认为这是最基础的科学，有望解决人们从何处来和为何在这里的问题。从此，霍金开始了真正的科学探索。20 多年后，当年毫不出众的小男孩成了物理界一位大师级人物。

金无足赤，人无完人。无论伟人还是凡人，都不可能做到十全十美，只不过，伟人往往能做到不讳疾忌医，扬长避短。

丘吉尔在出任英国首相期间，曾经暴露出很多缺点。身为首相的丘吉尔，对下属既不和善，又不体谅，还常常随口骂人，有时简直到了百般苛求和吹毛求疵的程度。

丘吉尔的一个下属就在背后抱怨：那些令人愤恨和讨厌的上司所具备的特点，他丘吉尔全都具备。

尽管丘吉尔的缺点惹人恼火，使人讨厌，但他的下属却仍然对他忠心耿耿。

原来，丘吉尔在关键问题上，总是见解精辟，说话扣人心弦；加之他经验丰富、学识渊博和幽默有趣，一个伟人所具备的特点，丘吉尔几乎都有。

寸有所长，尺有所短。维纳斯因断臂而美，比萨因斜塔而名扬天下，可见，缺陷并不可怕，可怕的是我们什么都想得到。

十全十美的人只是个美丽的传说，因此，无论什么时候，我们都不要戴着有色眼镜去看人，去故意放大别人的缺点，而是要努力去放大别人的优点。

根在那个遥远的故乡

　　有这样一幅漫画：餐桌前，许多猫围着吃鱼，只有一只猫去捉旁边的老鼠，吃鱼的猫鄙夷地说它："有鱼吃还捉老鼠？"这幅漫画形象地刻画出了一种人的本质：忘本。

　　中国著名教育家叶圣陶在他的作品《古代英雄的石像》里讲述了一个寓言故事：一位雕刻家应市民的要求，用一块大石精心雕成了一座古代英雄的石像。市民用雕刻家雕刻时凿下的碎石块砌成了台子，把石像高高地立在台上，供世人瞻仰，石像因此受到了所有市民的尊敬。但不久，石像渐渐地骄傲起来，他开始有点看不起垫在他脚下的伙伴——大大小小的石块，不屑于靠近他们，还对他的伙伴们说："看我有多荣耀，我有特殊的地位，站得比你们都高！"这时，伙伴们对石像说："你不但忘了从前，也忘了现在。从前我们是一整块，不分彼此。而现在，我们还是另一种样式的一整块，而正因为现在的样式，你才能高高地站在上面，如果没有我们支撑你，你很快就会摔下去，并碎成千块万块，不复存在。"石像这时考虑到了危险，傲慢有所收敛。但是过了不久，石像又露出了本相。一天夜里，石像终于倒了下来，摔成了大大小小的碎石，瘫在了地上。

　　这两个故事告诫我们：无论人还是物，都不能忘了根本，否则就会作茧自缚，自取灭亡。

著名数学家华罗庚被美国一所大学聘请为终身教授，有自己的房子、车子，过着优裕富足的生活，但是他有一颗牵挂祖国的心，1950 年，他毅然放弃在美国的优裕生活，回到了祖国，而且还给留美的中国学生写了一封公开信，动员大家回国参加社会主义建设。他在信中坦露出了一颗爱中华的赤子之心："朋友们！梁园虽好，非久居之乡。归去来兮……为了国家民族，我们应当回去……"

众所周知，虽然数学没有国界，但数学家却有自己的祖国。无论一个人多么有本事，多么有能力，什么时候都不能忘了自己的祖国，自己的根。

废墟上的鲜花

追求美好与和平，是人类共同的心理诉求。只要你撕掉世俗的面具，用心去体验，你就会体会到周围的一切就是一首诗、一幅画、一首音乐。

第二次世界大战结束后，德国到处是一片废墟。

美国社会学家波普诺带着几名随从进行实地察看。他们看了许多户住在地下室的德国居民。而后，波普诺向随从问了一个问题：

"你们看像这样的民族还能够振兴起来吗？"

"难说。"一名随从随口答道。

"他们肯定能！"波普诺非常坚定地给予了纠正。

"为什么呢？"随从不解地问道。

波普诺看了看他们，又问："你们在察看每一户人家的时候，看到了他们的桌上都放了什么？"

随从异口同声地说："一瓶鲜花。"

"那就对了！任何一个民族，处在这样困苦的境地还没有忘记爱美，那就一定能在废墟上重建家园！"

世上没有绝望的处境，只有对处境绝望的人。在绝望中仍能追寻希望之花，追求美好，这是多么令人敬佩和振奋的精神。

有个叫黄美廉的女子，从小就患上了脑性麻痹症。这种病的症状十分惊人，因为肢体失去平衡感，手足会时常乱动，口里也会经常念叨着模糊不清的词语，模样十分怪异。医生根据她的情况，判定她活不过6岁。在常人看来，她已失去了语言表达能力与正常的生活条件，更别谈什么前途与幸福。但她却坚强地活了下来，而且靠顽强的意志和毅力，考上了美国著名的加州大学，并获得了艺术博士学位。她靠手中的画笔，还有很好的听力，抒发着自己的情感。在一次讲演会上，一位学生贸然地这样提问："黄博士，你从小就长成这个样子，请问你怎么看你自己？你有过怨恨吗？"在场的人都纷纷责怪这个学生的不敬，但黄美廉却没有半点不高兴，她十分坦然地在黑板上写下了这么几行字：

我好可爱；我的腿很长很美；爸爸妈妈那么爱我；我会画画，我会写稿；我有一只可爱的猫……

最后，她以一句话做结论：我只看我所拥有的，不看我所没有的！

读了上面的这个故事，我们都会深深地被黄美廉那种不向命运屈服、热爱生命、热爱美好事物的精神所感动，更让我们明白一个道理：人不要只看自己没有的，要多赞美和享受生活带给我们的美好！

生命的硬度

我们所处的世界，处处都充满陷阱，处处都险象环生，逃避并不是办法，唯有淡定地面对，笑傲江湖，才有可能化险为夷。

她，一个叫唐沁的10岁小女孩。汶川大地震中，倒塌的校舍砸断了她的左腿。在医疗救护点，她面对镜头，忍住剧痛露出了浅浅的、甜甜的微笑。这张微笑的脸感动了无数网民，让人们在巨大的灾难之后看到了希望和力量，被网友称为"地震中最美的微笑"。

她是一名在校大学生，叫何平，最多时一周做7份兼职；她是一个家庭的"顶梁柱"，照顾瘫痪在床的父亲和患间歇性精神病的母亲；她是8岁弟弟的"姐姐爸爸"，带着患先天性心脏病的弟弟一起读大学。她开朗向上有着阳光般的笑容，被人称为"向日葵女孩"。

两则故事，两个女孩，她们用微笑改变了世俗的偏见：女人并不是弱者，而是强者，微笑是战胜困难的最有力武器。

1984年，在东京国际马拉松邀请赛中，名不见经传的日本选手山田本一出人意料地夺得了世界冠军。当记者问他凭什么取得如此惊人的成绩时，他说了这么一句话：凭智慧战胜对手。

10年后，他在自传中是这么说的："每次比赛之前，我都要乘车把比赛的线路仔细地看一遍，并把沿途比较醒目的标志画下来，比如第一个标志是银行；第二个标志是一棵大树；第三个标志是一座红房子……这样一直画到赛程的终点。比赛开始后，我就以百米的速度奋力地向第一个目标冲去，等到达第一个目标后，我又以同样的速度向第二个目标冲去。40多公里的赛程，就被我分解成这么几个小目标轻松地跑完了。起初，我并不懂这样的道理，我把目标定在40多公里外终点线的那面旗帜上，结果我跑到十几公里时就疲惫不堪了，我被前面那段遥远的路程给吓倒了。"

聪明的小绵羊系着铃铛离开了羊群，在遇到大灰狼时不但没有求饶，反而讥笑大灰狼现在吃小绵羊不是享受美味，肉是又酸又苦的，等自己跳完舞，肚子里的草也变成了肉，那时的小绵羊才是美味佳肴。大灰狼使劲摇着铃铛伴奏，铃铛声引来了猎人和牧羊犬，吓跑了大灰狼。多么聪明智慧淡定的小绵羊啊！

在这个灾难随时都会降临我们身上的时代，在这个生命脆弱如草的时代，让我们做一个只聪慧而坚强的小绵羊吧。

不要踏进同一条河

　　一家集团公司招收一名部门经理，经过一番紧张的笔试和面试后，最后只留下3个人。面试地点在总经理办公室，总经理并没有问他们一些关于业务方面的问题，只是饶有兴趣地带领他们参观他的办公室。最后，总经理指着一张茶几上的花瓶对他们说，这是他刚从一个拍卖会上买来的，花费了好几万元。就在这时，秘书走进来告诉总经理，说外面有点事情请他去一下。总经理笑着对三人说："麻烦你们帮我把这张茶几挪到那边的角落里，我出去一下马上回来。"说完，就随着秘书走了出去。

　　既然总经理有吩咐，这也是表现自己一个很好机会。三人便连忙行动起来，茶几很沉，须三人合力才能移得动。当三人把茶几小心翼翼地抬到总经理指定的位置放下时，意想不到的事却发生了：那个茶几不知怎么折断了一只脚，茶几一倾斜，上面的花瓶便滑落了下来，在地上裂成了几大块。

　　三人看着这突如其来的事情都惊呆了，他们不知道总经理回来后会如何看待他们的办事能力，而且这花瓶值好几万，弄坏了又在总经理面前如何交代？

　　就在他们目瞪口呆的时候，总经理回来了。看到发生的一切，总经理也非常愤怒，脸也气得有点扭曲，咆哮着对他们吼道："你们知道你们干了什么事，这花瓶你们赔得起吗？！"

第一个应聘者似乎不为总经理的强硬态度所压倒，直着嗓子说："这又不关我们的事，况且我们又不是你们公司的员工，是你自己叫我们搬茶几的。"他用不屑一顾的眼神看着总经理，一副死猪不怕开水烫的样子。

第二个应聘者却讨好似的对总经理说："我看这事应该找那茶几生产商去，生产出质量这么差的茶几，这花瓶坏了应该让他赔！"他也说得很是理直气壮，似乎肯定总经理会采纳他的意见。

总经理把目光移到了第三个应聘者的身上。不过，第三个应聘者并没有立即为自己辩解，而是俯身拾起那些碎了的瓷片，把它放在一旁后，对总经理说："这的确是我们搬茶几时不小心弄坏的。如果我们移动茶几时小心一点，那花瓶应该是没事的。"

还没等他把话说完，总经理的脸却由阴转晴，脸上露出一丝笑容，握住他的手说："一个能为自己过失负责的人，肯定是一个有出息的人，我们公司欢迎你这样的员工。"

廉颇负荆请罪，成为千古美谈；华盛顿勇于认错，最终登上总统宝座。人非圣贤，孰能无过。在生活和工作中，任何人都难免会犯错误，但是，只要我们能知错就改，挺直腰杆，努力承担责任，不踏进同一条河，就会得到别人的赏识，赢得别人的尊重！

永远带着高贵的气质

世界上最酷、最自我的总统夫人非塞西莉亚莫属，她特立独行的风范，敢爱敢恨的气质，无疑是女性世界的光华。

她是史上"任期"最短的总统夫人，萨科齐当选法国总统不久，她就决意离婚。

她很美，身材高挑，曾经当过模特儿，50岁了，仍然迷人。在萨科齐的总统就职典礼上，她带着与前夫生的两个女儿、总统与前妻生的两个儿子，还有她和总统生的一个儿子——5个漂亮的金发少年，穿着普拉达洋装出现在法国人民面前时，几乎每个法国人都爱上了这个梦幻家庭，没有人觉得她过去的绯闻值得计较。

她曾经是萨科齐的外遇对象，传闻萨科齐还在担任市长时，曾经替她和她的前夫——一位法国电视界名主持人主婚，当场他就爱上了美丽的新娘，心想，她跟我才是真正的一对。从那之后，萨科齐就疯狂追求新娘，两人陷入爱河，弄得双方伴侣精神崩溃。

后来，两人都离了婚，终成眷属。20年间，她为了他的政治前途尽心尽力。这几年来，他的仕途越来越顺利，她的绯闻也渐渐多了。

她曾经和一个情人私奔纽约，不管他人争议。回国之后，却努力帮丈夫助选。

她还飞到了利比亚，从死神手中营救了 6 个医护人员，勇气令人喝彩。

当法国人将她视为他们的"戴安娜"王妃时，她离了婚，说："我妈要我挺直背脊，永远带着高贵气质，我不能说谎。"

就算曾经爱过，不爱就是不爱了。她一点也不在乎总统夫人这个角色。

美国总统邀请萨科齐家人进餐，她拒绝参加，宁可和朋友在一起闲聊。照片被狗仔队们拍到了，她也不在乎。爱与不爱，都由她决定。

她应该是史上最自我、最有个性的第一夫人。这样的女人，大概只有在法国才能出现。

在当下这个红尘滚滚的世界里，不为金钱权力名利而活，为自己而活，活出自我，活出精彩，确实是一个不错的选择。

做一只有韧性的蟑螂

罗素说：希望是坚韧的拐杖，忍耐是旅行袋，携带它们旅行，人可以踏上永恒之旅。

一个人在高山之巅的鹰巢里，抓到了一只幼鹰，他把幼鹰带回家，养在鸡笼里。这只幼鹰和鸡一起啄食、嬉闹和休息。它以为自己是一只鸡。这只鹰渐渐长大，羽翼丰满了，主人想把它训练成猎鹰，可是由于终日和鸡混在一起，它已经变得和鸡完全一样，根本没有飞的愿望了。主人试了各种办法，都毫无效果，最后把它带到山顶上，一把将它扔了出去。这只鹰像块石头似的，直掉下去，慌乱之中它拼命地扑打翅膀，就这样，它终于飞了起来！

养尊处优，只能荒废自己的本能，像蟑螂一样活着，才能磨炼出自己顽强的韧性。

出身贫寒的松下幸之助，年轻时到一家电器工厂去谋职，这家工厂人事主管看着面前的小伙子衣着肮脏，身体又瘦又小，觉得不理想，信口说："我们现在暂时不缺人，你一个月以后再来看看吧。"这本来是个托词，没想到一个月后松下真的来了，那位负责人又推托说："有事，过几天再说吧。"隔了几天松下又来了，如此反复了多次，主管只好直接说出自己的态度："你这样脏兮兮的是进不了我们工厂的。"于是松下立即回去借钱买了一身整齐的衣服穿上再来面试。负责人看他如此实在，只好说："关于电器方面的知识，你知道得太少了，我们不能录用你。"不料两个月后，松下再次出现在人事主管面前，说："我已经学会了不少有关电器方面的知识，您看我哪方面还有差距，我一项项来弥补。"这位人事主管紧盯着态度诚恳的松下半天才说："我干这一行几十年了，还是第一次遇到像你这样来找工作的。我真佩服你的耐心和韧性。"于是松下幸之助这种不轻言放弃的精神打动了主管，他得到了这份工作，并通过不断努力逐渐成为电器行业非凡的人物。

松下的成功，并无特异之处，不过是韧性的助催，本能的激活。

松下的成功，说明成功并没有秘诀，要说有，就两个字：坚韧！

有一个美丽的港湾

陈红演唱的《常回家看看》是家喻户晓的歌曲，大家应该耳熟能详。

百行孝为先。这首歌之所以能拨动无数人的心弦，关键是抓住了一个"孝"字。

唐朝有一位叫狄仁杰的人，从小家庭贫困，勤奋好学，后来做了丞相。他为官清廉，秉政以仁，朝野上下都很尊敬他。他的一个同僚，奉诏出使边疆之际，母亲得了重病，因无法在身边侍候，心中非常悲痛。狄仁杰知道他的痛苦心情之后，特此奏请皇帝改派了别人。有一天狄仁杰出外巡视，途中经太行山。他登上山顶向下看着云，对他的随从说："我的亲人就住在白云底下。"徘徊了很久，也没有离去，禁不住流出了思亲之泪。

无独有偶，薪火传承。1962年，陈毅元帅出国访问回来，路过家乡，抽空去探望身患重病的老母亲。

陈毅元帅的母亲瘫痪在床，大小便不能自理。陈毅进家门时，母亲非常高兴，刚要向儿子打招呼，忽然想起了换下来的尿裤还在床边，就示意身边的人把它藏到床下。

陈毅元帅见久别的母亲，心里很激动，上前握住母亲的手，关切地问这问那。过了一会儿，他对母亲说："娘，我进来的时候，你们把什么东西藏到床底下了？"母亲看瞒不过去,只好说出实情。陈毅听了,忙说:"娘,您久病卧床,我不能在您身边伺候,心里非常难过,这裤子应当由我去洗,何必藏着呢。"母亲听了很为难,旁边的人连忙把尿湿了的裤子拿出,抢着去洗。陈毅急忙挡住并动情地说:"娘,我小时候,您不知为我洗过多少次尿裤,今天我就是洗上10条尿裤,也报答不了您的养育之恩!"说完,陈毅把尿裤和其他脏衣服都拿去洗得干干净净,母亲欣慰地笑了。

乌鸦反哺,羊羔跪乳,是中华民族的美德,理当代代传承。

刘德华很重视关于父母亲的节日,总是想方设法让父母感到快乐。一年父亲节,刘德华将父亲带到自己的歌迷会上,与千余名歌迷一起祝爸爸节日快乐。刘德华跪地为父亲送上大蛋糕,还亲手在T恤衫写上"衫生有幸做您的儿子"。为了方便陪父母,刘德华特别购买了仅隔一墙的房子和父母住。他还特地将两栋房子的墙壁打通,父母不解,他动情地说:"因为我们是一家人。"

把健康加为好友

中国科学巨擘钱学森享年 98 岁。他是中国航天科技事业的先驱和杰出代表，被誉为"中国航天之父"和"火箭之王"。他虽然走了，但留下了许多珍贵的精神遗产，其中一句"我姓钱，但是我不爱钱"就足以振聋发聩。

有人做过一个很形象的比喻，把健康比作 1，1 后面有许多 0，分别代表我们的财富、我们的房子、我们的车子、我们的老婆、我们的孩子、我们的事业……你看，这个人非常的富有，是个亿万富翁，假如少了一个两个 0，有关系，但是关系还不算大，假如少了一个 1，会怎么样？剩下的是一堆 0，一堆 0 还是 0，老婆改嫁了、孩子改姓了，你辛辛苦苦一辈子都是在为另外一个男人挣钱，你愿意不愿意？傻瓜才愿意，是不是？所以，健康比财富更重要。

可见，健康不仅是财富，还是人生最大的本钱，有了健康才能去挣钱，才能去玩命，否则都是一句空话。

相逢莫问留春术，淡泊宁静比药好。下面的故事，也许能带给你醍醐灌顶般的领悟。

一天晚上，一位妇女做了一个奇怪的梦。

在一个寒冷的冬天的上午，她的丈夫从外地打工回到家，女儿正好赶上双休日也在家。

丈夫进家门不一会儿，就出门去看望父母，女儿随爸爸去了。

她在丈夫和女儿出门不一会儿，也出门了，看到门外站着3个老头，便说："你们3位快进门坐坐吧，外面太冷了。"

其中一位老人问："你的男人在家吗？"

"我的丈夫和孩子出去了，可能要到下午回家。你们不要见我是个女人，就不敢进门了。"

"等你的男人回家了再说。"

到了下午，丈夫和女儿一进家门，她就问："你俩进门时看到大门外的三个老人吗？"他俩说没有见到。

她来到大门口边说："我的丈夫回家了，现在进屋坐坐吧。"

"我们刚才从别处来的，我们三人分别代表财富、权力和健康，请你去问你的丈夫，想请哪一个？"

她的丈夫说："就请财富进门，若是我们家有了财富，我们就不用操心挣钱了。"

她说："应该请权力进门，现在不管哪一个，手里有权，什么都有了，有了权那该多好。"

女儿说："应该请健康进屋，那比什么都好。"

最后，全家人一致同意请健康进屋。

她来到大门口，便问："请问，谁是健康老人。我们全家人决定请他老人家进屋。"

这时，三位老人全挤进门，她问："我们只请代表健康的老人进屋，你们怎么三个都进屋了？"

代表健康的老人说："他们是紧跟着我这个健康老人的，有了健康的身体，才能更好地去创造财富，才能更好地做好官，为人类多做好事。如

果你们不请我进屋，他们两位是不可能进屋的。现在，我恭喜你们，你们的选择是正确的。"

　　她突然醒了，说："健康比什么都重要！"

　　人没了，钱还有。不是一种成功，而是一种毁灭。倘如此，挣再多的钱又有何益？

赠人玫瑰

美国东部一个风雪交加的夜晚，推销员克雷斯的汽车坏在了冰天雪地的山区。野地四处无人，克雷斯焦急万分，因为，如果不能离开这里，他就只能活活冻死。这时，一个骑马的中年男子路过此地，他二话没说，就用马将克雷斯的小车拉出了雪地，拉到一个小镇上。当克雷斯拿出钱对这个陌生人表示感谢时，中年男子说："我不要求回报，但你要给我一个承诺。当别人有困难的时候，你也尽力去帮助他。"

在后来的日子里，克雷斯帮助了许许多多的人，并且将那位中年男子对他的要求同样告诉了他所帮助的每一个人。

6年后，克雷斯被一次骤然而至的洪水围困在一个小岛上，一位少年帮助了他。当他要感谢少年时，少年竟然说出了那句克雷斯永远也忘不了的话："我不要求回报，但你要给我一个承诺……"克雷斯的心里顿时涌起了一股暖流。

爱心是无价的，它不需要回报，但却可以心心相传。如果说，每一件善事都是一颗珍珠的话，那么我们每一个人的爱心都是一根金线。用金线把颗颗珍珠串起来，就是世界上一条最珍贵的无价项链！帮人就是帮己，这是心灵的定律，不变的坚守。

芸芸众生生活在大千世界，难免会遇到各种意想不到的困难，你今天种的因，就是明天的果，帮人就是帮己。

当然，帮人也得看自己的实力，不能帮的，别勉强自己。

2009年10月24日下午2时15分许，为救两名落水少年，湖北省长江大学十多名大学生手拉手结成人梯扑进江中营救男孩，结果两名男孩获救，陈及时、何东旭、方招因不会游泳，最终不幸被江水吞没，英勇献身。

这是《楚天金报》曾刊登的一则新闻，对此，网民展开了广泛的讨论，可谓公说公有理，婆说婆有理。

有人认为，他们不顾自己的能力去救人，其精神虽可嘉，但并不值得提倡。也有人认为，救人是一种潜意识的行为，他们的精神彰显了当代大学生的精神风貌，虽然最后的结果令人惋惜，但他们的行为无疑是这个冷漠的社会所必须大力弘扬的。

掬水月在手，弄花香满衣。不管怎样，帮人就是帮己。

加密友情

"酒中不语真君子，财上分明大丈夫。"

羽·泉是深受人们喜爱的内地创作型歌唱组合。来自北京的陈羽凡和来自沈阳的胡海泉，两个热爱音乐的人，因为创作上的合作契机偶然结识，并因为相似的音乐观，开始了共同创作。他们创作演唱的歌曲以清新灵动的曲风、激情感性的演绎在音乐圈内引起广泛关注。

在创作方面，羽·泉具有不可忽视的全面才华，在他们的作品中，羽凡的音乐灵感与海泉的文学功底，羽凡热情激烈的个性与海泉温和恬静的气质都得到了完美的体现。其中常出现不经意流露的神来之笔，令人惊叹。

在经济上，二人也达成共识。既然是组合，那么日常生活中在一起的时间就会比较多，所以，从组合的第一天起，两人就"约法三章"，确立"亲兄弟，明算账"的规则。从工作收入到日常生活中的花销，二人都根据个人的具体情况做了详细的规划。坚决不让经济问题影响音乐的质量和两人的感情，以便在乐坛占有一席之地。还因为羽凡和海泉有这样一个观点：稳固一个歌唱组合，最重要的是承认对方的价值，并不断展示自己的价值。

好兄弟，明算账，把经济账目化，把事情简单化，是朋友间理财的良好方法，当然，无论钱是不是自己赚的，都要省着花，这是壮大自己财富，

打理好自己事业的关键。

素有经营之神之称的王永庆，如何在细节里抓成本，缔造台塑王国，从他最常讲的一句话便可窥一斑："多争取一块钱的生意，也许要受外在环境的限制，但节省一块钱，可以靠自己的努力。节省一块钱，就等于净赚一块钱。"

可见，好兄弟，明算账，不是友情的疏远，而是友情的加密；节约每一分钱，不是吝啬，而是财富积累的开始。

第二辑

轻柔地拨开人际的迷雾

最动听的天籁

　　《集结号》是一部感人肺腑的电影，他叙述了谷子地和他的战友用生命和鲜血诠释军人承诺的故事。

　　主人公谷子地十年如一日，坚毅而执着、信念如金、承诺似山，感天动地。

　　1948 年冬天，淮海战役。中原野战军某部九连连长谷子地率领仅存的 47 名战士接受了一项阻击任务，约定以集结号作为撤退的号令。如果集结号不吹响，全连必须坚持到最后一刻。战场上，47 名战士奋勇厮杀，先后击退了敌军三次猛烈的进攻……一仗下来，九连损失惨重，死伤过半，中间也曾有人提议撤退。谷子地说："我耳朵现在不好使，没听到号响，谁听到了就可以走，我不拦着。"但最终没有人离开，依然死守，谷子地此时也发现友邻部队早已撤退，他怀疑是自己没听到号声，而导致战友枉送性命，但强烈的责任感使他早已将生死置之于度外。当阵地上只剩下他一个人的时候，他抱起炸药包冲出窑场只身冲向了战壕……最终 46 名战士全部阵亡，而集结号也一直没有吹。

　　谷子地成了这场战争中唯一的幸存者。在后方的医院里他才得知，自己原来的部队番号已经取消，他不仅证明不了自己的身份，连集体战死的

46 个兄弟都将被视为无名失踪者。带着强烈的内疚，谷子地踏上了寻找和证明真相的漫漫长路。他设法加入了解放军炮兵部队，跟随队伍南征北战，转战朝鲜战场。支撑他活下去的唯一动力，是为死去的战友找回军人的尊严和荣誉！

新中国成立后，没人承认事实的真相，谷子地默默忍受着痛苦……当他终于找到已为烈士的团长的陵墓，却意外得知，司号员从来没有吹响集结号！

1958 年，国家在旧战场附近修大坝，炸开一个废弃已久的窑洞后，终于发现了 46 具整齐安放的战士尸体，指导员干枯的遗体还保持着牺牲时候的坐姿。终于，九连 46 名阵亡战士被追认为烈士并颁发解放奖章。47 枚解放勋章，一枚挂在谷子地胸上，其余放在墓前。当年的司号员，在墓前吹响了迟到 10 年的集结号，嘹亮的号声告慰着地下的每一个英灵……

本片震撼我心灵柔软之处的且令我铭记于心的，是故事所表达的精神……只要集结号没吹响，哪怕剩下最后一个人，哪怕还有最后一滴血，就绝不放弃、绝不撤退！这就是一个男人的承诺！一个军人的承诺！！

在今天的人看来，谷子地的承诺确实令人匪夷所思，但是，他却兑现了自己的承诺，激活了我们的泪腺！

装象其实很累

在这个浮躁的社会，装象和装鳖者来势汹汹，不乏其人。

一只居住在图书馆里的老鼠和一只居住在粮仓里的老鼠相遇了。图书馆里的老鼠摆出一副学者的架子，傲气十足地对粮仓里的老鼠说："可怜的家伙，为了填饱肚子，你们甘愿住在干燥、憋闷的谷仓里。那里除了稻谷之外什么也没有。看来，只有物质满足，缺乏精神享受的生活该有多么乏味啊！图书馆里是多么安静啊，古今中外，经史子集，我都能看到。""这么说，你一定是位知识渊博的学者喽。"粮仓里的老鼠虔诚地说道。"咳，这有何难。它们的一字一句我都要细细咀嚼，一页页装进肚里。""这太好了，我正有一事需要您这样知识渊博的老兄帮忙。"说完，粮仓里的老鼠把图书馆里的老鼠带到一座粮仓里，指着墙角的一个瓶子说："您认得字，请看看标签上写的是'香麻油'还是'灭鼠药'。"图书馆里的老鼠根本不认识字。标签上三个黑乎乎的大字，它根本就不知是"香麻油"还是"灭鼠药"。就在它进退两难之时，有一股香油味从瓶口飘出，于是，它就凭直觉猜测断定："这是香油。"

"真的？您看清楚了吗？"

"没错，不信，我先喝给你看。"为了证明自己博学，也是为了一饱口福，图书馆里的老鼠扒倒瓶子就喝了起来。谁知只喝了几口,就浑身抽搐,不久,便四腿一蹬,死了。

后来,粮仓里的老鼠才知道,瓶子上写的分明是"灭鼠药"。

不懂装懂,总有穿帮之时。

世界著名物理学家、获诺贝尔物理学奖的美籍华人丁肇中在接受中央电视台《东方之子》采访时,曾对很多问题都表示"不知道"。后又听说他在为南航师生做学术报告时,面对同学提问又是"三问三不知":"您觉得人类在太空能找到暗物质和反物质吗?""不知道。""您觉得您从事的科学实验有什么经济价值吗?""不知道。""您能不能谈谈物理学未来20年的发展方向?""不知道。"这让在场的所有同学意外,但很快就赢得全场热烈的掌声。

古人云:术业有专攻。可见,博才和通才只是人们的一种理想期待,在现实中,是很难实现的。"不知道"不是无知和孤陋寡闻的代名词,而是谦逊和严谨的做人风范。

是香花也是毒草

　　女性们本应该明白这样一个道理：闺蜜是朋友，可以天上地上，无话不谈；但也是最危险的敌人，一旦反目成仇，杀伤力会无比巨大。只可惜，一些女性容易忘乎所以，不为自己心灵设防，乃至引狼入室，陷入被动的尴尬境地。

　　从2010年圣诞前夕那一瓢泼向章子怡海报的墨水开始，有着"国际章"之称的章子怡就卷入了一段剪不断、理还乱的是非中。其中的参与者有富商，有名媛，有媒体，还有其外籍未婚夫。

　　圈中资深经纪人B介绍，赵欣瑜最开始并不认识章子怡。章子怡通过某种渠道了解到赵欣瑜的能量很大，有心结识，就通过朋友安排见面了。见面时，章子怡极力表现出自己热情、乖巧的一面，一直叫赵欣瑜"姐姐"，甚至亲手为她按摩。两人迅速熟络起来。在北京拍摄《非常完美》期间，姐妹俩形影不离，网上出现两人一起做SPA的偷拍图。

　　两人曾一起做生意，但成效不佳，亏了钱，需要一笔投资"续"上。于是章子怡就对赵欣瑜说，干吗我们自己掏钱，你介绍几个老板给我吧，我找他们出钱。于是就有了章子怡与A先生的一段"交情"。但赵欣瑜气愤的是，章子怡拿了钱，并没有继续做生意，而是自用。赵欣瑜向章子怡索求自己觉得应得的一份，章子怡拒绝了，于是两人就产生了矛盾，最终导致"泼墨门"。

记者采访时，赵欣瑜并不否认她和章子怡曾经有过"蜜月期"，"我们之间的好，到了可以互相聊隐私的地步。她看上我的什么东西，随时都可以拿走，我们之间的关系，一度好到了这种程度"。

那究竟是什么原因导致好朋友反目成仇？赵欣瑜有点迟疑，思量半天仍然没有开口。"有些事，现在真的不能说，就让它成个谜吧，或者说是我手上的底牌吧，到了法庭我会完全说出来的，到那时真相会大白的！"

这一场明星之间发生的风波，似乎更加印证了一个真理：世上没有永远的朋友，也没有永远的敌人。就算是闺蜜之间，也不应把心底的话全掏出来，否则就会授人以柄，成为别人手中的底牌，作茧自缚。

别把自己推向风口浪尖

唐朝口蜜腹剑的李林甫、宋朝臭名昭著的秦桧、元朝机关算尽的哈麻、明朝无法无天的魏忠贤等就是背后议论别人的典型。但他们最终的下场留给我们后人的是沉痛的警醒。

舌头底下压死人，唾沫星儿淹死人，是无数人用血的事实证明的真理，可叹的是，在现实生活中，真正能明白的却是凤毛麟角。

二战初期，苏联红军被希特勒的闪电战打得落花流水。一次，前方司令朱可夫去斯大林那里汇报工作，自然给斯大林骂了个狗血淋头。从斯大林的办公室里出来时他禁不住怒气冲冲地议论领导："他妈的小胡子是魔鬼！"恰巧他骂人时，他的同事、克格勃头子贝利亚在场。贝利亚一听，如获至宝，赶紧三脚并作两步地跑进斯大林的办公室，添油加醋地把这话告诉了斯大林——"朱可夫刚才骂'小胡子魔鬼！'"伟大的斯大林一听，小胡子立马翘起来了，马上叫人把朱可夫叫了回来。见面后声色俱厉道："朱可夫同志，您从我办公室出去时，说了一句'小胡子魔鬼'，您是在说谁？""当然是希特勒！我还能说谁呢，斯大林同志？"朱可夫面无惧色。斯大林沉吟一下，转过头来："那么，贝利亚同志，您说的'小胡子魔鬼'又是说谁呢？"这下，可就轮到贝利亚张口结舌了。

幸好希特勒也留了小胡子，要不然，朱可夫可就跳进涅瓦河也洗不清了！

静坐常思己过，闲谈莫论人非！于人于己本是不错的选择，可悲的是，在现实生活中，偏偏有人管不住自己那张臭嘴。

小王和小张在同一间办公室里，因为经常在一起吃饭喝酒，所以成了关系很铁的哥们，经常是无话不说。有一次因为工作上的事，小王和领导产生了矛盾，下班后就和小张去"借酒消愁"。小王借着酒劲说了憋在心里很久的话，说经理没有领导能力，不体谅员工；说自己以前怎么能干，又说办公室的人这个不好，那个小气……小张一边听一边一个劲地点头称是。第二天，公司例会，经理很生气地不点名地批评了小王，说有的员工在背后议论上司，议论同事，而且还在背后发牢骚。还说，谁不想干，随时可以走人。

事后小王才知道，原来他的"哥们"小张把这些话告诉了经理。

图一时口舌之快，若丢了养家糊口的饭碗，不冤也冤啊！

没有解不开的心结

　　清时江苏吴县出了几位名医，最有名的一位叫叶桂，字天士，号香岩，还有一位和叶天士齐名，叫薛雪，号生白。叶、薛二人既是同乡，又是好朋友，两家住得也很近。

　　乾隆年间，苏州流行大瘟疫，官府在此设立医局，救治老百姓，规定名医轮流参加义诊。这一天，医局里来了一名更夫，全身浮肿，皮肤肿成了黄白色，等候医生给他治病。

　　薛雪先到医局，给这更夫诊脉后对他说："你的病很重，没法治了，回去吧。"更夫失望地出了医局的大门。正好这时叶天士来医局，叶天士在轿子里看到了更夫，他不知道薛雪已经给更夫看过病，就对他说："这不是更夫吗，看你这病是由于烧蚊香中毒引起的，你跟我进来吧！"进了医局，叶天士给更夫开了两剂药，对他说："不用害怕，吃了这两剂药就会好的。"薛雪在一边恰恰看到了这一切，认为叶天士是有意让他难堪，使他名誉扫地，心中虽然恼恨，但又无法发作，回家后就把自己的书房改名为"扫叶庄"。叶天士听说后也非常生气，心想，我又不是故意这样做，当大夫的救人要紧还是名誉要紧，你把书房改为"扫叶庄"，那我就把书房改为"踏雪斋"，你把我扫掉，我把你踏在脚下。至此两人不再往来。

后来，叶天士的母亲得了伤寒，叶天士开的药母亲吃了也不见好转。这事传到薛雪那里，薛雪笑笑说："这种病要是放在别的病人身上，叶天士早就用白虎汤了，而在自己的母亲身上就不敢用。"薛的一个弟子说："白虎汤性重，他是怕老人受不了。"薛雪说："她这病有里热，正是白虎汤症，药性虽重，非用不可。"这些话传到叶天士耳边以后，正点中了叶天士的心病：他确实想到了白虎汤，也确实是担心母亲年高承受不了。听了薛雪的话后，就给母亲用了白虎汤，果然病很快好了。这件事教育了叶天士，觉得寸有所长、尺有所短，名医为减少病人疾痛，更应心胸宽阔，互相学习，就主动地去薛雪家登门拜访，感谢薛雪医治了他的母亲，薛雪看到叶天士主动登门，也十分感慨，于是两人尽释前嫌，重归于好，成为医界的一段佳话。

可见，绝交是因看清了对方的内心和本质，至交是因心灵相惜、感情绵深！

细水长流

经营好人际关系不是洗洗睡那么简单，要靠及早播种友谊之花，切忌"平时不烧香，临时抱佛脚"。

天利公司要提拔一名副总，人力资源部的江经理和市场销售部的何经理是最热门的两个人选。考核的第一项就是群众评分，而且它占这次考核总成绩的45%。为此江经理开展了外交旋风，对公司的每一个人都笑脸相迎，请他们关照自己；并走访了不少人家，恳请他们在打分时照顾一下。而何经理没什么动作，还和平时一样对大家很热情。但是，当最终的结果揭晓时，江经理因群众得分远远低于何经理而落选。江经理沮丧之余，百思不得其解：为什么自己活动了，反而落选了呢？

事后的某一天，江经理有事找技术部的小王，正准备推门进去，恰巧听见里面的人在议论这次竞聘的事。"他平时总是眼睛向上，对我们爱理不理的。现在有事了，就来讨好我们，我们才不买他的账呢。老何平常就没什么架子，和我们处得不错，关键时候，当然得帮他了。"站在门外，江经理若有所悟。

可见，江经理之所以竞聘失败就是因为播种太迟。大家心里都明白，感情突然升温，无外乎有所图，被人看作是势利之人。

在美国曾经发生过这样一个真实的故事。

在一个风雨交加的夜晚，一对被淋得湿透的老夫妇走进一间旅馆的大厅，想要住宿一晚。

但是，非常不巧的是饭店已经没有空余的房间了。"十分抱歉，今天的房间已经被早上来开会的团体订满了，可是我也不想你们再一次置身于大风雨中，要不这样吧，不知道你们愿不愿意在我的房间住一晚呢？它虽然不是豪华的套房，但还是蛮干净的，今晚我要值班，我可以待在办公室休息。"饭店的夜班服务生诚恳地说。

老夫妇欣然接受了他的建议，并对服务生造成的不便表示歉意。

第二天雨过天晴，在老先生去结账时，接待他的仍是昨晚的那位服务生。他依然很亲切地说："昨天您住的房间并不是饭店的客房，所以我们不会收您的钱，也希望您与夫人昨晚睡得安稳！"

老先生点头称赞："你是每个旅馆老板都梦寐以求的员工，或许改天我可以帮你盖栋旅馆。"

几年后，这个服务生收到一位先生寄来的挂号信，信中提到了那个风雨交加的夜晚所发生的事，另外还附一张邀请函和一张去纽约的来回机票，邀请他到纽约一游。

在抵达曼哈顿几天后，这个服务生见到了当年的那位旅客。在路口处矗立着一栋华丽的新大楼，那位老先生说："这是我为你盖的旅馆，希望你来为我经营，好吗？"

这位服务生非常吃惊地看着老先生，结结巴巴地说："你是不是有什么条件？你为什么选择我呢？你到底是谁？"

"我叫威廉·阿斯特，我没有任何条件，我说过，你正是我梦寐以求的员工。"老先生微笑着说。

这旅馆就是纽约最知名的华尔道夫饭店。这个服务生就是乔治·波特——希尔顿的首位总经理，一位奠定华尔道夫地位的经营者。

　　可见，人际关系的经营是一种付出，就像你在银行的零存整取一样，只有及早存入，细水长流，才能在你需要的时候解你燃眉之急。

低调是一种姿态

稻穗低头，收获丰收；日落西山，收获满天彩霞；大河东去，收获一江春水。低调是一种姿态，一种智慧。

刘备做人有"三低"，因此有人说他的江山是哭出来的。

低身交朋友。刘备与关、张二人，无论出身、志向还是学识、性格，都有很大的差别。但让人没想到的是，刘备遇到他俩却一见如故，并焚香盟誓，结为兄弟。

低头拜贤才。刘备三顾茅庐的故事，家喻户晓。换了一般的领导者，诸葛亮那么"摆谱"，也许早就拂袖而去了。

低眉待来宾。这在刘备"礼遇张松"的故事中表现得最为明显。一开始，张松想把西川的地图献给曹操。曹操一见张松其貌不扬，就没有好感。再加之其出言狂妄，更令曹操生气。于是叫人一顿棒打，把张松赶出了许都。没办法，张松只得转赴荆州。与曹操的态度相反，张松离荆州还很远的时候，刘备就派赵子龙前去迎接。到了界首馆驿，关羽又在那里恭候。等来到荆州城下，只见刘备领着文官武将，亲自出城相迎。这使得张松受宠若惊，感激涕零，泪别长亭之际，终于把西川地图献给了刘备。正因为有了这张地图，刘备才占得了进军天府的先机。

刘备的成功告诉我们：适时地低下你高贵的头，你就能赢得机会，收获成功。

富兰克林是美国的政治家、科学家、《独立宣言》的起草人之一。他在美利坚合众国创建时，做出了许多功绩，故有"美国之父"之称。

一次，富兰克林到一位前辈家拜访，当他准备从小门进入时，因为小门低了些，他的头被狠狠地撞了一下。出来迎接的前辈告诉他："很痛吧！可这将是你今天拜访我的最大收获。要想平安无事地活在世上，就必须时时记得低头。这也是我要教你的事情！"从此，富兰克林牢牢记着这句话，并把"低头"列入一生的生活准则之中。

总是昂首望天，不但看不到路边美丽的风景，还有被石子绊倒的危险。

香港首富李嘉诚言传身教，为孩子树立勤俭节约、不计较个人得失的榜样。甚至到他成为巨富时，他在日常生活中仍然十分节俭。克勤克俭、不求奢华，他带的是廉价的日本表，穿的是10年前的西装，居住的是三十几年前的房子。他要求孩子们养成勤俭节约的习惯，当孩子在美国留学时，鼓励孩子勤工俭学。李嘉诚教育孩子们，创业之初，重要的是抓紧机会锻炼自己，使自己学到真正的商业本领，而不要去计较个人的得失。

可见，低下你的头，才能创造出金满地、粮满仓的美景。

借口会让你无路可走

　　布鲁士是美国某公司的财务人员。一天，他在做工资表时，给一个请病假的员工定了个全薪，忘了扣除他请假那几天的工资。事后布鲁士发现了这个错误，找到了这名员工，告诉他下个月要把多给的钱扣除。但是这名员工说自己手头正紧，请求分期扣除，但这么做的话，布鲁士就必须请示老板。

　　布鲁士知道，老板知道这件事后一定会非常不高兴的，布鲁士认为这个情况是自己造成的，他必须负起这个责任，去老板那儿认错。

　　当布鲁士走进老板的办公室，告诉老板他犯的错误后，没想到老板竟然大发脾气地说："这是人事部门的错误。"但布鲁士再度强调这是他的错误。老板又大声指责："这是会计部门的疏忽。"当布鲁士再次认错时，老板看着布鲁士说："好样的，我这样说，就是看看你承认错误的决心有多大。好了，现在你去把这个问题按照你自己的想法解决掉吧。"事情终于解决了。从那以后，老板更加器重布鲁士了。

　　人非圣贤，孰能无过。在工作中，犯错误是难免的，难的是不为错误找借口，让自己有路可走。

　　有一位年轻人在南方一个世界知名企业工作，开始的时候，因为经验

不足，她给公司造成了几十万元的损失，而损失是她在自我检查业绩时发现的，公司尚无人知晓。此时，凭借她的学历和几年的外企工作经验。她可以轻而易举地悄然跳槽离开，逃脱责任，避开责罚。但她明白，这样的工作失误如果再任其发展下去的话，可能会给公司造成上千万的损失。

父母的长期教诲深深地在她心中扎下了根，不能置公司的损害而不顾，不能做不诚实的人，她决意向老板坦白这一切，并做好自己将被公司开除并赔偿损失的准备。

她歉疚地坐在老板的桌前，将自己造成的损失一五一十地和盘托出，然后坦诚地说："我愿承担全部责任。"

老板望着这位诚实的员工，感动地向她宣布："你就是公司要找的人才，是值得我们信赖的人才！"随即从身上掏出了自己珍爱的笔送给了她。

此后，老板不仅帮她想办法扭转损失，还把重要的工作委派给她，对她予以栽培。几年以后，她已成为高层的管理者。

众多的职场实例告诉我们，在工作中，千万不要干瞒天过海、掩耳盗铃的蠢事，以致让自己无路可走。

倾听别人的忠告

有一句至理名言："忠言逆耳利于行，良药苦口利于病。"可惜，许多人夜郎自大惯了，往往把别人的箴言当成耳边风，乃至因此酿成终身的遗憾。

鹰王和鹰后为躲避人类的猎枪，从遥远的地方飞到远离人类的森林，它们打算在密林深处定居下来。于是就挑选了一棵又高又大、枝繁叶茂的橡树，在最高的一个树枝上开始筑巢，准备夏天在这儿孵养后代。

鼹鼠听到这个消息后，大着胆子向鹰王提出忠告："这棵橡树可不是安全的住所，它的根几乎烂光了，随时都有倒掉的可能。希望大王和王后不要在这儿筑巢了。"

鹰王和鹰后觉得很好笑："我们是谁，还需要鼹鼠来提醒？你这个躲在洞里的家伙，每天就知道吃了就睡，按你的意思，好像是说我们老鹰的眼睛不是锐利的？你是什么东西，竟胆敢跑出来干涉鹰王的事情？"

鹰王根本瞧不起鼹鼠，立刻动手筑巢，并且当天就搬了进去。不久，鹰后孵出了一窝可爱的小家伙。

一天早晨，正当太阳升起来的时候，外出打猎的鹰王带着丰盛的早餐飞回家来，然而，那棵橡树已经倒掉了，它的子女都已经摔死了。

　　看见眼前的情景，鹰王悲痛不已，它放声大哭道："我多么不幸啊！我把最好的忠告当成了耳边风，所以，命运就给予了我这样严厉的惩罚。我从来不曾料到，一只鼹鼠的警告竟会是这样准确，真是怪事！"鼹鼠谦恭地说道："你想一想，我就在地底下打洞，和树根十分接近，树根是好是坏，有谁还会比我知道得更清楚呢？"

　　"兼听则明，偏信则暗。"一个谦虚谨慎的懂得倾听别人忠告的人，无论在官场还是职场，都能变劣势为优势，反败为胜。反之，就会给自己给别人给社会造成不可估量的损失。

　　日本著名企业家松下幸之助是这样说的："个人的智慧和知识总是有限的，只凭自己的科研成果和知识，不一定能有正确的判断；而错误的判断，往往会导致意想不到的失败。如果这种失败只使一个人痛苦，还算万幸，但是，如果波及周围的人或使社会蒙受损失，就十分严重了。有许多人就是由于把别人的忠告当耳边风，把别人正确的知识经验抛于脑后，所以，他的悲剧是注定的，即便现在不出问题，今后也定会吃到苦头的。"

　　世上之事错综复杂，没有谁能够掌控一切。学会倾听别人的忠告，做一个好学生吧。

谁都不是绝对的权威

　　小泽征尔是世界著名的音乐指挥家，一次他去欧洲参加指挥大赛，决赛时，他被安排在最后。评委交给他一张乐谱，小泽征尔稍做准备便全神贯注地指挥起来。突然，他发现乐曲中出现了一点不和谐，开始他以为是演奏错了，就指挥乐队停下来重奏，但仍觉得不自然，他感到乐谱确实有问题。可是，在场的作曲家和评委会权威人士都声明乐谱不会有问题，是他的错觉。面对几百名国际音乐界权威，他不免对自己的判断产生了动摇。但是，他考虑再三，坚信自己的判断是正确的。于是，他大声说："不！一定是乐谱错了！"他的声音刚落，评判席上那些评委立即站起来，向他报以热烈的掌声，祝贺他大赛夺魁。

　　原来，这是评委精心设计的一个圈套，以试探指挥家在发现错误而权威人士不承认的情况下，是否能够坚持自己的判断，因为，只有具备这种素质的人，才真正称得上是世界一流音乐指挥家，在三名选手中，只有小泽征尔相信自己而不附和权威的意见，从而获得了这次世界音乐指挥家大赛的桂冠。

　　崇尚权威是人类的通病。但是，小泽征尔打破了这一定律，选择相信自己，而不是权威。

　　洛伦兹是一位著名的物理学家，相对论的核心——洛伦兹变换方程便是他的杰作。然而，当发现这与牛顿的绝对时空观相矛盾时，他茫然了，因为那是经典，不容置疑。一年之后，爱因斯坦走到这里时也遇到了同样的问题，不同的是，爱因斯坦毫无顾忌地冲破了牛顿力学的束缚，赋予洛伦兹变换方程以全新的物理含义，从而促使了相对论的诞生。

　　洛伦兹选择相信别人，所以与相对论擦身而过；爱因斯坦选择相信自己，所以建立了相对论。不同的选择，不一样的结局，给人以启迪。

　　布鲁诺，意大利文艺复兴时期伟大的思想家、自然科学家、哲学家和文学家，是一个诚实正直的学者，为了捍卫自己的学说献出了宝贵的生命。

　　他被哥白尼的日心说所吸引，开始对自然科学产生了浓厚的兴趣，逐渐对宗教神学产生了怀疑。他写了一些批判《圣经》的论文，并从日常行为上表现出对基督教圣徒的厌恶。

　　经过 8 年的监禁，布鲁诺被处以火刑，后来，随着科学的发展，布鲁诺的学说被证明是正确的。1889 年 6 月 9 日，在布鲁诺殉难的鲜花广场上，人们为纪念这位诚实勇敢的伟大思想家，为他树立一尊铜像，永远纪念他的功绩。

　　可见，把自己的话放在心里，坚持真理的人才会被人们真正记住！

卧龙岗上散淡的人

不为五斗米折腰的陶渊明幡然醒悟后，远离官场，安享田园生活。

敢于要高力士为自己脱靴的诗仙李白，碰壁南墙后，毅然骑鹿访名山。

他们，虽然身陷官场，但猛醒之后，抽身而退，不愧为大智慧之人。

1952 年 11 月 9 日，爱因斯坦的老朋友以色列首任总统魏茨曼逝世。在此前一天，就有以色列驻美国人使向爱因斯坦转达了以色列总理本·古里安的信，正式提请爱因斯坦为以色列共和国总统候选人。当晚，一位记者给爱因斯坦打来电话，询问爱因斯坦："听说要请您出任以色列共和国总统，教授先生。您会接受吗？""不会。我当不了总统。""总统没有多少具体事务，他的位置是象征性的。教授先生，您是最伟大的犹太人。不，不，您是全世界最伟大的人。由您来担任以色列总统，象征犹太民族的伟大，再好不过了。""不，我干不了。"

爱因斯坦刚放下电话，电话铃又响了。这次是驻华盛顿的以色列大使打来的。大使说："教授先生，我是奉以色列共和国总理本·古里安的指示，想请问一下，如果提名您当总统候选人，您愿意接受吗？""大使先生，关于自然，我了解一点，关于人，我几乎一点也不了解。我这样的人，怎么能担任总统呢？请您向报界解释一下，给我解解围。"

大使进一步劝说："教授先生，已故总统魏茨曼也是教授呢。您能胜任的。""魏茨曼和我不是一样的。他能胜任，我不能。""教授先生，每一个以色列公民，全世界每一个犹太人，都在期待您呢！"

爱因斯坦的确被同胞的好意感动了，但他想得更多的是如何委婉地拒绝大使和以色列政府，又不使他们失望，不让他们窘迫。

不久，爱因斯坦在报刊上发表声明，正式谢绝出任以色列总统。在爱因斯坦看来，"当总统可不是一件容易的事"。同时，他还再次引用他自己的话："方程对我更重要些，因为政治是为当前，而方程却是一种永恒的东西。"

爱因斯坦是20世纪最伟大的科学家之一，他的相对论以及他在物理学界的研究成果，留给我们的是一笔取之不尽、用之不完的财富。然而，他在有生之年仍不断地在学习、研究。

有人去问爱因斯坦，说："您老可谓是物理学界的泰斗了，何必还要孜孜不倦地学习呢？何不舒舒服服地休息呢？"爱因斯坦并没有立即回答这个问题，而是找来一支笔、一张纸，在纸上画上一个大圆和一个小圆，对那位年轻人说："在目前情况下，在物理学这个领域里可能是我比你懂得略多一些。正如你所知的是这个小圆，我所知的是这个大圆，然而整个物理学知识是无边无际的。对于小圆，它的周长小，即与未知领域的接触面小，感受的未知少；而大圆与外界接触得多，所以感受的未知东西多，会更加努力地去探索。"

寸有所长，尺有所短。谁都无法当超人，只有正视自己，才不至于掉进自我的迷雾中。

遇见最美丽的惊喜

美国代表团访华时，曾有一名官员当着周总理的面说："中国人很喜欢低着头走路，而我们美国人却总是抬着头走路。"此语一出，话惊四座。周总理不慌不忙，脸带微笑地说："这并不奇怪。因为我们中国人喜欢走上坡路，而你们美国人喜欢走下坡路。"

外交无小事。周总理的巧妙回答不仅彰显了他非凡的外交才能，更表达出了他的一种人生信念：低头走路，才能走上坡路；昂头走路，就会走下坡路。

因此，当你处于人生得意的阶段时，别忘了这样一个道理：低头走路之时，也许就是你走上坡路之始。

有一天，小李约了几个朋友来家里吃饭，这些人都是他的旧友。他把他们聚集在一起主要是想借着热闹的气氛，让正陷于情绪低潮的小高心情好一点。

小高不久前因经营不善，不得已将公司关闭，妻子也因为不堪现在的生活压力，正与他谈离婚的事，内忧外患，他现在非常苦恼。

来吃饭的朋友都知道小高目前的遭遇，因此大家都避免去谈与事业有关的事，可是，其中一位因为目前赚了很多钱，酒一下肚，忍不住就开始

谈他的赚钱本领和花钱功夫，那种得意的神情，小李看了都有些不舒服。正处于失意中的小高低头不语，脸色非常难看，一会儿去上厕所，一会儿去洗脸，后来就找了个借口提前离开了。

小李送他到巷口的时候，他很生气地说："老张会赚钱也不必在我面前说嘛！"

小李此时非常了解他的心情，因为在以前他也经历过事业的低潮，正风光的亲戚在他面前炫耀他的薪水、高档的房子、名贵的汽车，那种感受，就如同把针一支支插在他心上那般。

因此，我想告诫朋友们：得意失意切莫在意，顺境逆境切莫止境。

台湾著名画家几米有这样一首耐人玩味的小诗，名曰《希望井》："掉落深井，我大声呼喊，等待援救；天黑了，默然低头，才发现水面上满是闪烁的星光；我总在最深的绝望里，遇见最美丽的惊喜！"

正因为人生难免会碰到一个个的深井，所以几米才用这个故事来慰藉我们：最深的绝望里，总会遇见最美丽的惊喜！

别忘了约会的时间

如果你想让别人刮目相看就请守时，如果你想实现"一寸光阴一寸金"的夙愿就请守时。因为，你尊重了别人，就是尊重了自己；因为你尊重了时间，就是尊重了财富。

多尔夫·谢耶斯曾经这样评价过 NBA 巨星哈尔·格瑞尔：他每天都能按时参加比赛和训练，不管对手是谁，不管坐飞机、火车还是汽车，他都能准时。

相反，如果你想作茧自缚，让自己难堪，就请迟到；如果你想让人厌恶你，浪费别人的时间，就请迟到。因为，不守时的人，本身就是把自己当儿戏的人。

美国第一任总统华盛顿，在任职期间，常于下午 4 时在白宫宴请国会议员，计议国事。只要规定时间一到，他不管人是否到齐，便按时开宴，哪怕只有他一个人也是如此。因此往往弄得迟到者十分尴尬。而华盛顿却不客气地说："我的厨师只问预约的时间到了没有。"

拿破仑也是一个时间观念很强的人。有一次他请手下的几位将军用餐，时间到了，那几位将军还未到，拿破仑便一个人大吃起来，等那些人来到后，他已吃完了。他对他们说："诸位，聚餐的时间过了，现在咱们开始研究

事情吧。"把那些人窘得下不了台，以后再不敢迟到。

　　日本前首相田中角荣年轻时，一次与恋人估幽会，可是过了约定的时间恋人尚未到，田中焦急地想，再等30分钟吧。约莫时间到了，田中刚想离去，却发现姑娘来了。田中下意识地看看手表，已经31分钟了，不等恋人走近，田中转身走掉了。恋爱自然告吹，但是田中并不惋惜，他爱的是遵守时间的人。

　　冯玉祥将军对不遵守时间的人深恶痛绝。1927年，冯玉祥北伐军抵达河南郑州。他对国民政府机关团体会风不正、拖沓散漫、不守时间的作风极为不满；就连国民政府要员汪精卫，也不遵守会议时间，往往缺席或迟到。冯玉祥一气之下，便写了一副对联，让人送给汪精卫。联文曰："一桌子点心，半桌子水果，哪知民间疾苦；两点钟开会，四点钟到齐，岂是革命精神。"

　　可见，守时是一种美德，应该融入每一个人的血液里！

主动与人握手

在社交场合中，无数成功人士的经验表明：主动进攻总比被动防御好。

凯斯·弗拉基在他的新书《决不单独用餐》中写道："抓住一切时机，努力建立良好的人际关系。"

他生长在美国宾夕法尼亚州的农村，是钢铁工人，母亲是清洁工。他依靠个人能力，特别是在与人打交道方面的超人才能，获得奖学金进入耶鲁大学，并获得哈佛工商管理硕士学位。毕业后弗拉基进入著名的底特律咨询公司，很快做到了合伙人的位置，并成立了自己的咨询公司，成了业界白手起家的典型。在不到 40 岁时，弗拉基已经建立起一张庞大的关系网，其中既有华盛顿的权力核心，又有好莱坞的大牌明星，他自己则成为"美国 40 岁以下名人"和"达沃斯全球明日之星"。

俗话说，人情是把锯，你来我往。虽然如此，但机会往往掌握在主动出锯的一方。

请大家看这样一段生活中的对话。

甲：这个忙你真的不愿意帮了吗？

乙：我才不愿意帮忙呢！平时都不见你的人影，突然出现要我帮你的忙，你自己说说，我会愿意帮助你吗？

甲：平时我不是忙吗。再说了，你和我的关系还要那些虚伪的热络吗？

乙：平时都想不起我，关键时刻更不会想起我来。所以说，你的忙呢，我是坚决不帮的。

临时抱佛脚是交不来朋友的，要想扩大自己的交际圈，就得主动进攻，细水长流。

张兰是一个刚毕业的大学生，嘴很甜，极会做人。

在校期间，她一直在学生会里担任一定的职务。为了使自己更好地融入社会，她在进入社会前就阅读了大量的怎样与人交往方面的书籍。张兰也有着很扎实的专业功底，毕业后就迅速进入一家外贸公司。

做外贸工作需要有很强的交际能力，张兰以前在学校里做的那些准备工作正好派上了用途。张兰通常都会很主动地去结识别人，大方的态度给人留下深刻的印象，很多时候都成功地拿到了对方的名片。当然，这个算不了什么，更重要的是也把自己的名片给送出去了。这对于一个初入社会的年轻人来说，是很重要的。

张兰的业务能力在短短的时间内就赶上了公司的老员工，并由此获得了主管的赞扬。

友情就像一滴水，只要你把它滴进缸子里，它就会四处扩散，赢得自己的地盘！

重视对手

1975 年，撒切尔夫人当选为英国保守党领袖后，立即把目标对准了唐宁街 10 号的首相官邸。但是，刚刚过去的竞选斗争中，撒切尔夫人与希思两军对垒，裂痕颇深，保守党的内部团结受到了严重损害。

在英国这种国家，欲当首相必须是一个政党的党魁，因此，党内的夺魁斗争一向十分激烈。争夺各方常常是撕破脸皮，竭尽排斥、贬低和打击之能事。撒切尔夫人不赞成希思的政策主张，先是支持基思·约瑟同希思竞选，继而又亲自向希思挑战，使希思感到她有意与自己作对，心中大为不快。但竞选期间，希思的人马故意打出"我支持杂货商，但不支持他的女儿"的口号，把撒切尔夫人的家庭身世也翻出来，作为攻击目标。这种做法，当时使撒切尔夫人十分气恼。双方的对立情绪一度达到空前激烈。

撒切尔夫人当选后，认识到团结全部力量参加首相大选，必须弥合与失败者的裂痕，恢复保守党的团结，稳定自己的后院。由于希思在党内追随者不少，势力不能小视，他又在国际上声望较高，影响颇大。没有他的支持与合作，要战胜执政的工党，有较大困难。撒切尔夫人为了获得希思一派的支持，主动地摈弃前嫌，表现出一种虚怀若谷、不念旧恶的气量。

她获胜后的第一个行动就是去拜会希思，热情地邀请他参加她领导下

的影子内阁，但被一口回绝。她不灰心，其第二个行动是请希思手下的总督导员怀特洛出任保守党副领袖，怀特洛接受了邀请。由于撒切尔夫人的做法符合许多保守党人的心愿，得到了广泛的支持。

　　接着，撒切尔夫人于1976年10月的保守党年会上再次主动发出和解的信号。她在讲话中赞扬希思过去的政绩，在政策主张上做了一些调整和修补，又采纳了希思的一些观点，使两派在对内对外政策上明显接近。在此情况下，希思也就发表了对撒切尔夫人"完全相信"，支持影子内阁的内外政策声明。至此，撒切尔夫人在党内的领袖地位便最终确立了，为登上首相宝座奠定了必不可少的基础。

　　有铁娘子美誉的政治家撒切尔夫人，尚且能如此重视对手，弹性化地处理好与政敌的关系，那么作为凡夫俗子的我们，还有什么理由去树敌呢？

为"投其所好"翻案

投其所好，在官场是以鄙义的形象面世的，但在交际场合，就该另当别论了。

在现实生活中，迎合不完全是讨好，有时也是一个自我学习的过程。

据说每一个拜访过美国总统西奥多·罗斯福的人，都会对他渊博的知识感到惊讶。哥马利尔·布雷佛写道；"无论是一名牛仔或骑兵、纽约政客或外交官，罗斯福都知道该对他说什么话。"他是怎么办到的呢？很简单。每当有人来访的前一天晚上，罗斯福都翻读这位客人特别感兴趣的话题的资料。因为罗斯福知道，打动人心的最佳方式是：找准话题，让对方心灵产生共鸣。

兴趣是最好的老师。研究别人的兴趣，也是人际交往中的一种策略。

戴尔·卡耐基是美国著名的企业家、教育家、人际交往专家。卡耐基说他经常去钓鱼，他说："我喜欢吃香蕉，喜欢吃草莓，但我钓鱼的时候不会把香蕉和草莓放在鱼钩上，因为鱼喜欢吃蚯蚓。"实际上研究他人的需求是人际交往成功的法宝。

有一次，一名童军想参加在欧洲举办的"世界童军大会"，因此极需一笔经费。组织者爱德华希望一家大公司的董事长能够解囊相助，于是前

去拜访这家公司的董事长。

　　爱德华出发之前，曾听说这个董事长开过一张面额 100 万美金的支票，后来因故作废，于是他特意将支票装裱起来，挂在墙上当作纪念。所以，当爱德华踏入董事长办公室之后，立即要求参观一下这张装裱起来的支票。爱德华说，自己从未见过其他人开过如此巨额的支票，因此很想见识一下，好回去告诉那些小童军们。董事长马上答应了爱德华的请求，并给爱德华详细地讲述了当时开支票的情形。

　　爱德华先生并没有开门见山地提出筹措资金的事，他提出的是对方感兴趣的话题，最后的结果怎样呢？

　　爱德华不仅使董事长答应赞助 5 个童军去参加"世界童军大会"，还得到了其他的帮助，董事长任命他为该公司在欧洲分公司的主管，并提供所有的服务。

　　看完故事后，大家应该思考这样一个问题：若是爱德华没有投其所好，一见面就提出要对方赞助的话，结果就难以预料了。

放下架子与人相处

出门摆架子，是当下一些人的生活常态。殊不知，只有放下架子与人相处，亲和力才会附身。

谢小娜刚进入公司那会儿，大家都觉得她性格高傲，因为她平时一般不主动与人搭话，也不喜欢和同事交流，即便是有些同事主动和她搭讪，她也很冷淡。于是，大家对她的印象都很不好，觉得她这个人很没有亲和力，甚至还有人说："哼，不就是一只菜鸟吗，大学毕业有什么了不起的，当谁没上过大学一样，摆什么臭架子呀！"

就这样，大家都说谢小娜的架子太大了，都不喜欢和她交往。

于是，谢小娜去找好朋友李红倾诉，李红听后，笑着说："傻丫头，你想那么多干吗，你越顾忌就越不知道该如何去和同事相处。索性什么也不想，放下架子去和他们交往，就当是和同学相处一样，这样什么事都没有了。"

听了李红的话，谢小娜虽然半信半疑，但她一时半会儿也想不出什么好办法，眼看着自己都快成同事的公敌了，她干脆就死马当活马医，什么也不管了。见同事凑在一起讨论问题，她就主动凑过去，发表一下自己的看法；看见同事聚在一个桌子上吃饭，她也端着自己的饭盒和他们坐在一

起；甚至还主动让女同事下次逛街的时候叫上她。

她的种种改变很快就有了成效，同事开始愿意吸纳她进入他们的圈子。从那以后，公司里再也没有人说她架子大了。谢小娜终于融入这个集体中了。

刘备三顾茅庐，请得诸葛亮出山。

曹操赤脚迎接许攸，最终荡平河北。

齐桓公不记追杀之仇，拜管仲为相，称霸中原。

李世民不拘一格，用人之长，避人之短，成就伟业。

可见，强者是不需要装腔作势、摆架子的，只有弱者才会狐假虎威，把摆架子当作自己华丽的外衣。

给自己留一个台阶

有时一句话就能救人于水火，若不信，请看下面的故事：

很多人都知道纪晓岚。纪晓岚的舌头可了不得！天下人都知道他学识渊博，能言善辩，机智敏捷。乾隆皇帝自然也知道。有一天，乾隆想，我要找一个办法试验试验他的机智。于是，他把纪晓岚找来，对纪晓岚说："纪晓岚！""臣在！""我问你：何为忠孝呀？"纪晓岚说："君叫臣死，臣不得不死，为忠；父叫子亡，子不得不亡，为孝。合起来，就叫忠孝。"纪晓岚刚回答完，乾隆皇帝接过话来："好！朕赐你一死。"纪晓岚当时就愣了：怎么突然赐我一死？但是皇帝金口一开，绝无戏言。纪晓岚只好谢主隆恩，三跪九叩，然后走了。

这时，乾隆就想："这纪晓岚可怎么办呢？不死，回来，就是欺君之罪；可要是死了就真是太可惜了，自己手下便少了一个栋梁之材呀。"当然，乾隆知道纪晓岚不会轻易死掉，必定有什么办法解救自己。于是他静观其变。

半炷香的工夫，纪晓岚气喘吁吁地跑回来了，扑通地给乾隆跪下。乾隆装作很严肃地说："大胆，纪晓岚！朕不是赐你一死了吗？为什么你又跑回来啦？"纪晓岚说："皇上，臣去死了，我准备跳河自杀，正要跳河，

屈原突然从河里出来了，他怒气冲冲地说，你小子真浑蛋，当年我投汨罗江自杀，是因为楚怀王昏庸无道；而当今皇上贤明豁达，你怎么能死呢？！我一听，就回来了。"听到这里，乾隆不得不解嘲说："好一个纪晓岚，你是真能言善辩啊！"

纪晓岚的巧妙应对，不但给自己找了一个台阶，也给乾隆找了一个台阶，可谓一箭双雕。

小张因和小李意见相左，便想在公众场合给小李难堪。小李在一次发言中，不慎读错了一个字，小张便在大庭广众下说小李："水平太差，那么简单的字都不认得，还好意思在众人面前讲话！"小李见小张故意寻衅，也就不客气了，笑着对他说："这总比你做错事不认账还强出一点吧！"

他们这样一闹，大家只是偷偷地笑。

两人针锋相对，不给对方台阶下，结果都自取其辱。

赞美是心灵的馈赠

　　曾有一名邮递员在送信途中，不小心被一块石头绊倒了，他刚想抱怨，却低头发现这是一块形状奇异的石头。他想，若是用许多这样的石头建成城堡，该多好啊！他好奇心顿生，便欣喜地将石头捡起来，装进邮包。之后，每天送信，他总会捡一块奇异的石头。日复一日，他捡的石头堆满了家门。于是他白天送信，晚上堆砌城堡。渐渐地有路人欣赏、赞美他的劳动成果，并给予鼓励。终于，他在山坡上建成了一座又一座的好看的城堡，有一天竟被登上报纸的头条，许多人慕名而来，其中包括当时著名的画家毕加索，他惊叹青年人的技艺，大家赞赏，并投资将这里改造成著名旅游区。

　　这就是赏识和赞美的魅力，试想，若是这个世界没有了赏识和赞美，该是件多么可怕的事儿。

　　1852年一天，已是大名鼎鼎的作家屠格涅夫在打猎的时候，无意间在松林中捡到一本皱巴巴的《现代人》杂志，他随手翻了几页，竟被一篇题为《童年》的小说所深深吸引，作者是个初出茅庐的无名小辈，但屠格涅夫却十分欣赏，钟爱有加。他四处打听作者的情况，得知作者两岁丧母，7岁失父，遭遇坎坷，是姑母将他抚养成人。屠格涅夫更是给予了极大的同情和关注。他把自己读《童年》的感受告知了作者的姑母，并在多次讲学、

会客等场合赞美作者，因此《童年》小说引起了众人的关注，轰动一时。

姑母很快就写信告诉侄儿："你的小说《童年》在瓦列里扬引起了很大轰动，著名作家屠格涅夫逢人就称赞你。他还说这位青年如果坚持写下去，他的前途一定不可限量！"

作者收到姑母的信后，惊喜若狂，他本是因为生活的苦闷而信笔涂鸦打发心中的寂寥，自己可没有当作家的妄念。由于知名作家屠格涅夫的欣赏赞美，竟一下点燃了他心中的希望与奋斗的火焰，树立了自信和理想，以极大的热情投入创作，最终他成为享誉世界的著名作家、思想家、艺术家。他就是《战争与和平》《安娜·卡列尼娜》《复活》的作者列夫·托尔斯泰。

有了赞美，世界才会有快乐；有了快乐，世界才会有动力。

小人与君子

从前有位国王，统治着一个疆域辽阔的国家。他有一个太子，名叫法施。法施太子性格纯孝，行为规矩，从来不做非礼之事，办起事来小心谨慎，很注意防备瓜田李下之类的嫌疑。

有一次，法施太子由丞相带领去拜见国王的宠妃。太子进退一切按规矩办，一点也没有失礼的地方，但国王的这个宠妃却是个脾气暴躁、性格淫荡的妇人。她看见太子相貌堂堂、唇红齿白，不禁动了邪念，伸手就把太子往怀里拉。太子吓坏了，使劲把手挣脱，拉住丞相说："快跑！快跑！"一不小心就把丞相的帽子给碰掉了。

原来丞相是个秃头，平日全凭帽子遮羞，以便在女人面前装风流。太子把他的帽子碰掉，露出大光头，惹得宠妃哈哈大笑，丞相觉得很丢脸，恨死了太子。所以，太子虽然逃掉了，却得罪了宠妃和丞相两个人。

太子走后，宠妃越想越生气。当天晚上，就哭闹着对国王说："我哪怕再低贱，毕竟是大王的妻子，太子竟然敢对我动手动脚的，有非分之想。大王要是不惩治他，我绝对不依！"

国王说："我这个儿子品行高洁，非礼勿听、非礼勿视、非礼勿言。人人都赞他是个少有的君子，他绝对不可能干这种事，你不要胡说八道。"

国王虽然不相信，但经不起宠妃一而再再而三地在枕边进谗言；加上朝廷中又有丞相帮腔，国王也就将信将疑起来。宠妃逼着国王，非要他处死太子。国王说："虎毒不食子，骨肉相残，是天底下最可恶的事，我绝对不能做。这样吧！我让他离开国都就是了。"于是，国王派太子去镇守边境。

这个故事，真印证了孔子的一句话：唯女子与小人为难养也。

小人是不讲道德约束和游戏规则的，因此，我们既不要依赖他，也不要得罪他。

"安史之乱"平定后，功高权重的郭子仪并不居功自傲，为防小人嫉妒，他非常小心谨慎。有一次郭子仪正在生病，有个叫卢杞的官员前来探望。此人乃声名狼藉的奸诈小人，相貌奇丑，人们都把他看成是个活鬼。正因为如此，一般妇女看到他都不免掩口失笑。郭子仪听到门人的报告，立即让家人避到一旁不许露面，他独自客厅待客。卢杞走后，姬妾们回到病榻前问郭子仪："许多官员都来探望您的病，你从来不让我们躲避，为什么此人前来就让我们都躲起来呢？"郭子仪微笑着说："你们有所不知，这个人相貌极为丑陋而又十分阴险。你们看到他万一忍不住失声发笑，那么他一定会心存忌恨。如果此人将来掌权，我们的家族就要遭殃了。"后来，卢杞当了宰相，极尽报复之能事，把所有以前得罪过他的人统统除掉，唯独对郭子仪还比较尊重。

眼里要有美丽的事物

　　林清玄写过一个追求完美的故事，故事的题目叫《追求完美的老人》，故事中的老人在年轻的时候就发誓，要找到一个最完美的女人为妻。于是，他开始去旅行，60年后，在一个隐蔽的城市里，有人看到了这个老人，有些年轻人问他："老先生你在找什么？"他说："我要找一个最完美的女人结婚。"他们说："还没找到吗？"他说："我找了60年了。""难道这60年来您都没有找到最完美的女人吗？"他说："我30岁时曾经找到一个世界上最完美的女人。"年轻人问："您为什么没有结婚呢？"他说："因为那女人说她也在寻找这个世界上最完美的男人！"

　　看来，完美只是人类的一种臆想，在现实中是根本不可能存在的。

　　有户人家有两个儿子。当兄弟俩长大以后，他们的父亲把他们叫到面前说："你们都已经长大了，应该出去做点事情。在群山深处有绝世美玉，到你们去找到它，找不到就不要回来。"

　　遵照父亲的意思，两兄弟次日就出发去了山中。

　　大哥是一个注重实际不好高骛远的人。有时候，发现的是一块有残缺的玉，或者是一块成色一般的玉甚至那些奇异的石头，他都会把它们装进自己随身携带的包里。

　　过了几年，到了他和弟弟约定的会合回家的时间。此时他的包已经装得很满了，虽然这些玉不是父亲所说的绝世美玉，但成色不等、造型各异的众多玉石，在他看来也可以令父亲满意了。

　　后来弟弟来了，两手空空一无所得。弟弟说："你捡到的这些东西不是父亲要我们找的绝世珍品，只不过是一些普通的玉石，拿回去也不会让父亲满意的。我不会回去的，因为我还没有找到父亲说的那块玉。我还会继续寻找，绝不放弃。"

　　哥哥带着他的那些东西回到了家中。父亲说："你可以开一个玉石馆或一个奇石馆，只要将那些玉石稍微加工一下，都是稀世之宝，那些宝石可是一笔巨大的财富。"

　　几年以后，哥哥的玉石馆已经非常有名了。他寻找的奇石中有一块经过加工成为了不可多得的美玉，被国王做成了传国玉玺，哥哥也因此成了倾城之富。

　　哥哥回来的时候，他把弟弟的探宝经历告诉了父亲，父亲听完后说："你弟弟不会回来了，他是一个不合格的探险家。他如果幸运，能在途中醒悟过来，明白至美是不存在的这个道理，是他的福气。如果不能醒悟，便得付出一生的代价了"。

　　很多年以后，父亲得了重病，危在旦夕。哥哥对父亲说要派人去找弟弟回来。父亲制止了他："不要去找，如果经历了这么长的时间的挫折还不能领悟，这样的人即便回来又能做成什么事情呢？世间没有绝对完美的玉，也没有完美的人，更没有绝对的事情。为追求这种不存在的东西而耗费生命的人，是多么的愚蠢啊！"

　　世界不缺少美，只是缺少发现美的眼睛。因此，我们做人做事，不能吹毛求疵，否则，你的眼里永远没有美的事物。

心灵的默契

春秋时上大夫俞伯牙善弹琴,乡野樵夫钟子期善听。俞伯牙弹《高山》,钟子期说:"好啊,像巍峨的泰山!"俞伯牙弹《流水》,钟子期说:"好啊,如浩荡的江河!"

这就是千百年来,被人传诵的"高山流水觅知音"的典故,它告诉我们:知音就是那个不需要太多的言语,而能心照不宣的人。

范仲淹在泰州当官的时候,认识了当时年仅二十的富弼。一见面之后范仲淹对富弼大为欣赏,认为他有王佐之才,把他的文章推荐给当时的宰相晏殊,还替他做媒,让他做了晏殊的女婿。

几年以后,因为当时在山东一带多有兵变,有些州县的长官看见乱兵来攻打不是抵抗,而是开门延纳,以礼相送。兵变被镇压后,朝廷派人追究这些州县长官的责任。

富弼很生气地说:"这些人都应该被判处死罪,否则的话,就没有人再提倡正气了。"

范仲淹则说:"这些县官抵抗的话,又没有兵力,只是让百姓白白受苦罢了,他们这种做法,大概是为了保护百姓采取的权宜之计。"二人意见不同,争执起来。

　　有人劝富弼说："你也太过分了，你难道忘了范先生对你的大恩大德了吗？你考中进士后，皇帝就下诏求贤，要亲自考试天下的士人。范先生听到这个消息以后，马上派人把你追回来，还给你准备好了书房和书籍，让你安心温习考试，你因此被皇帝赏识，难道你都忘记了吗？"

　　富弼说："我和范先生交往是君子之交，范先生举荐我并不是因为我的观点始终和他一样，而是因为我遇到事情都有自己的观点。我怎么能因为报答他举荐我的情谊而放弃自己的主张呢？"

　　范仲淹听后说："我欣赏富弼就是因为这个原因啊。"

　　朋友间的交往，在于内心的喜爱，而不是表面的华丽。可见，朋友之间需要的不是花言巧语，不是逢迎迁就，而是心灵的默契。

失声总比失语好

曾经有个小国的使臣到中国来，进贡了三个一模一样的金人，皇帝十分高兴。但是小国的使臣出了一道难题：这三个一模一样的金人哪个最有价值？

皇帝思来想去，试了许多办法，还请来工匠仔细检查，称重量，看做工，没有发现有任何区别。怎么办？皇帝十分苦恼，使臣还在宫中等着答案。泱泱大国，如果连这种小事都无法解答，实在有失上邦之仪。最后，一位老大臣想到了方法。

皇帝将使臣请到大殿，老臣胸有成竹地拿出三根稻草分别从金人的耳中插入：第一根稻草从金人的另一边耳朵出来了；第二个金人的稻草是从嘴巴里直接掉出来；而第三个金人，稻草进去后掉进了肚中，没有任何响动。老臣当即说道："第三个金人最有价值！"使臣默默无语，点头称是。

故事中的大臣不愧是官场高手，因他深知一个道理：失声总比失语好，沉默有时是最好的反坦克导弹。

美国发明家托马斯·爱迪生，早年对技术发明的商业价值以及专利技术的含金量知之不多。一次，某公司欲出资购买他的一项专利。爱迪生的心里价位是１０００美元，而他的家人坚持要开价２０００美元。正式谈

判日，对方向爱迪生询价。爱迪生犹豫不决，一时无语。对方误以为爱迪生要价很高而一时羞于启齿，便主动报价："１０万美元如何？"爱迪生毫无思想准备，以为听错了，一时还是没有说话。对方见状还以为爱迪生仍不满意，再次提高价位："２０万美元总可以了吧？""当然当然！"爱迪生短暂的沉默换来了意料之外的收益。

这个故事说明，有时候沉默是金，尤其是在商场中，短暂的沉默有时会打乱对方的心理防线。而在官场中，沉默更会重要。

但有些人偏偏不按常规出牌，雷人之语层出不穷。

铁道部新闻发言人王勇平说："至于你信不信，我反正信了。"真是自以为是，敷衍塞责到了极点，立即招来无数网民的围攻。

在审理药家鑫一案时，律师无耻下流地说："药家鑫连捅八刀是弹钢琴的重复性动作。"真是贻笑大方！

做人做事，沉默是金。

第三辑

淡然地释放积压的情绪

把阳光请进来

发脾气的人，自以为自己又赢了别人一次，殊不知，你每发一次脾气，就代表着自己输了一回。

曾在网上看到这样一个小故事：有一个坏脾气的小男孩，一天到晚在家里发脾气，摔摔打打，特别任性。有一天，他爸爸就把这孩子拉到了他家后院篱笆旁边，说："儿子，你以后每跟人家发一次脾气，就往篱笆上敲一颗钉子。过一段时间，你看看你发了多少次脾气，好不好？"这孩子想，怕什么？我就看看吧。后来，他每嚷嚷一通，就自己往篱笆上敲一颗钉子，一天下来，自己一看：哎呀，一堆钉子！他自己也觉得有点不好意思。

他爸爸说："你看你要克制了吧？你要能做到一整天不发一次脾气，那你就可以把原来敲上的钉子拔下来一颗。"这个孩子一想，发一次脾气就敲一颗钉子，一天不发脾气才能拔一颗，多难啊！可是为了让钉子减少，他也只能不断地克制自己。

一开始，男孩觉得真难受啊，但是等到他把篱笆上的钉子都拔光的时候，他忽然发觉自己已经学会了克制。他非常欣喜地找到爸爸说："爸爸快去看看，篱笆上的钉子都拔光了，我现在也不发脾气了。"

打开心窗，把阳光请进来，你就赢得了生活，赢得了健康。

几年前，每天在西城区南闹市口胡同，都能看到一位老人健步于晨曦中，他就是开国中将、全国政协原副主席阿沛·阿旺晋美。阿沛生于1910年，卒于2009年，享年100岁。

年轻时的军旅生涯使阿沛将军养成了锻炼身体的习惯。80多岁时，依然耳聪目明，腰板挺直，不用拐杖即能快步自如地行走。

阿沛将军的心态一直很好，待人宽宏大量，从不计较个人得失，品性温和，与人为善，再大的事也能挺得住，很少发脾气。

里根总统平素性情豁达、幽默、温和，但偶尔也发点脾气。一次，他告诉他的侍从说："我在很久以前就学到这么一个秘诀，当你发怒时，如果克制不住自己，不得不扔掉一些东西来出气的话，那么应注意把它扔在你的眼前，可别扔得太远。这样，捡起来就省力多了。"

输家最软弱的表现，就是乱发脾气，相反，能抑制自己脾气的人，往往是生活的大赢家。

继续赶路

有这样一个故事，甲乙两个好朋友吵架，乙打了甲一拳。事后，甲在沙地上写下"今天我的好朋友打了我一拳"。又一次外出，甲不小心掉进河里，乙把他救了上来，甲在石头上刻下"今天我的好朋友救了我一命"。乙很好奇，问甲为什么要这样记录。甲说："写在沙地上是希望大风帮我忘记，刻在石头上是希望刻痕帮我铭记。"

老是让自己生活在过去，就会看不到前面的光亮，只能在漫漫的黑夜中摸索。

一个青年背着一个大包，千里之外找到无际大师，他告诉大师，他是那么的孤独、痛苦和寂寞，长期的跋涉已经让他疲惫到极点。

大师问："你包里装的是什么？"

年轻人说："它可重要了，有我每一次跌倒时的痛苦，每一次受伤后的哭泣，每一次孤独时的烦恼……靠着它，我才能走到您这儿来！"

大师带着青年来到河边，坐船过河。

上岸后，大师说："扛着船，我们继续赶路。"

年轻人很惊讶："它那么沉，我扛得动吗？"

大师带着微笑答道："对的，你是扛不动的。过河时，船是有用的，但是过了河，我们就要放下船赶路，否则它会变成我们的包袱。痛苦、孤独、寂寞、灾难、眼泪，这些对人生都是很有用的，它能使生命得到升华，但须臾不忘，就成了人生的包袱。只有学会放下，生命才不会那么沉重。"

年轻人放下包袱继续赶路，忽然发现步子轻松而喜悦，比以前快很多。原来，生命中该放下的还得放下。

朋友，就算生命中有些事真的令你难以忘怀，也得先学会放下，因为生命不堪承受之重。

人是一根会思想的芦苇

世界上没有做不到的，只有想不到的。爱迪生说："头脑不用也会生锈，经常思考才会反应敏捷。"

大家有所不知的是，小时候的爱迪生很爱发问，常常问一些奇怪的问题让人觉得很烦，家人也好，路上的行人也好，都是他发问题的对象，如果他对于大人的答复感到不满意时就会亲自去实验。有一次，爱迪生看到了鹅舍里的母鹅在孵蛋，他就问妈妈为什么母鹅总是成天坐在那里呢？妈妈就告诉他母鹅在孵蛋。爱迪生便想，如果母鹅可以，那我也一定可以。过了几天爸爸妈妈发现爱迪生一直蹲在木料房里，不知道在做什么，当家人发现爱迪生在孵蛋的时候每个人都捧腹大笑起来。

也正因为爱迪生敢于思考，敢于尝试，最终发明了电灯，照亮了世界，也照亮了人类前进的方向。

小时候，曾听到过一个关于驴的故事。

有一天，一个老人带着他的孙子和驴子，从乡下到城里去。老人让孙子骑着驴子，沿着公路旁走。经过的路人看了指指点点。老人听到有人指责小孩不懂得孝顺老人家。他和孙子商量后，决定自己骑驴子，以免人家说闲话。

走了不久，又有一些人对他们指指点点。这一次，他们认为老人家不知廉耻，竟然自己享福，让小孩受罪。老人和孙子左右为难，他们于是决定一齐走路，不再骑驴。

但是走了不久，还是有人对他们指指点点。那些路过的人笑这对祖孙是傻子，有驴也不骑。老人和孙子觉得人家说得也对，于是决定一起骑驴。祖孙两人骑着驴子走了一段路后，发觉路过者纷纷摇头。原来他们认为这老人和小孩真残忍，竟然两人共骑一只弱小的驴子，让驴子负荷过重。

老人和小孩觉得人家说得也对，但是既然先前所做的都不对，不如索性扛着驴子走吧！于是祖孙两人扛着驴子走。就在他们越过一座小桥时，两人同时失足，连人带驴，一起掉入河里，淹死了。

这个故事告诉我们，人云亦云，不去学会思考，就会把自己迷失掉！

谢幕的那一刻

　　在一位画家的屋里，我见到了一幅非常特别的画。那是一张被装裱起来的白纸，在中间偏左的位置，有一块黑渍。我不明白这块黑渍到底算什么生花妙笔，被画家挂在了墙壁正中最为显眼的位置上。我琢磨了很长时间，头脑里仍然一片空白。我向画家请教。画家说："中间这块黑渍是痛苦，每个人看到我的这幅画时，都是只看到这块痛苦的黑渍，却看不到背景里的快乐，我们的生活不是这样吗？多少快乐我们都视而不见，却被微小的痛苦遮住双眼。"我说："按照你的说法，这幅画应该是一张白纸。"他说："没有痛苦，我们便见不到快乐。"

　　花无百日红，人无百日好。痛苦也好，快乐也罢，都有结束的时候，而真正不结束的是美丽的心情，不变的希望。

　　施利华曾经是叱咤泰国商界的风云人物。他曾是一家股票公司的经理，为这家公司挣了几个亿，自己也因此发家致富。玩腻了股票，他转而炒房地产，把所有积蓄和银行贷款全都投入了房地产生意。但时运不济，1997年7月的金融风暴把他从老板的宝座上拉了下来。除了一身债，施利华这个昔日的亿万富翁变得一无所有。而对命运的无情捉弄，施利华曾经万念俱灰。经过几个月的心理煎熬，他终于鼓起从头再来的勇气，和太太开了一间做三明治的手工作坊,他每天头戴小白帽,胸前挂着售货箱,沿街叫卖三明治。很多人尝到了"施利华三明治"后,都喜欢上了它那独特的味道,施利华的小本生意因此越做越好,他的人生又重新鼓起了希望的风帆。

人生如舞台,今天上演着喜,明天也许就上演悲剧,它们谢幕之后又会开始,而永远不谢的是一个人的信念!

和田一夫是国际流通集团——日本八佰伴集团的总裁。1997 年 9 月 18 日,八佰伴集团破产,和田一夫由富翁一夜跌落为穷光蛋。从住海景房到租住一室一厅公寓,从乘坐劳斯莱斯专车到乘坐公交车,他的生活彻底变了样。但他很快就从痛苦中站了起来,下定决心从头再来。1998 年 4 月,和田一夫创立了和田经营株式会社,并成立了"国际经营塾",这是一个只有 4 名员工、10 家会员企业的小公司。从这个小公司起步,和田一夫几年后又重塑了人生的辉煌。

爱笑的人有奶吃

微笑是最高明的冶金术，能冶炼出心灵最璀璨的真金。

一位冶金行业的老板去拜谒一位禅师，他想请禅师帮助自己的心灵解锁。

他问："禅师您好，我想问一下，我兢兢业业，吃苦耐劳，用最好的人才，聘请最优秀的 CEO，拿出收入的一半用来给员工发工资，为什么我的事业还是做不大呢？"

听了老板的话，禅师也学着老板的腔调，眉头紧锁，一脸木然地把问题推回老板："是啊，为什么呢？"

老板一脸痛苦状，哭笑不得地说："禅师，都这时候了，你就别再捉弄我了。"

禅师两眼圆睁，一脸铁青，表情像僵滞的油彩一样说："我捉弄你了吗？"

老板慌忙回答："你还说没有，你看看你的表情，都拧巴成什么样子了，还说没有捉弄我啊？"

禅师爽朗大笑，然后从背后的书架上取出一面铜镜递给老板说："我不是在捉弄你，我是在学你啊！"

老板对镜一照，旋即捶胸顿足，原来禅师刚才的表情，和自己现在的表情一模一样。

禅师开示道："心头压着冰川的人，脸上始终敷着冰，任何人都会拒你于千里之外；然而，心里装着炉火的人，所有的块垒扔进来，都会冶炼成明晃晃的真金！"

老板恍然大悟，原来禅师是在批评自己待人处世的方式和风格啊！

老板回到公司以后，立即给自己的团队定了这样一条企业管理格言："一个优秀的人，他的脸上始终在用微笑冶炼着金子！"

在职场中，微笑也是最好的信使。

威廉·史坦哈已经结婚18年多了，在这段时间里，从早上起来，到他要上班的时候，他很少对自己的太太微笑，或对她说上几句话。史坦哈觉得自己是百老汇最闷闷不乐的人。

后来，在史坦哈参加的继续教育培训班中，他被要求准备以微笑的经验发表一段谈话，他就决定亲自试一个星期看看。

这以后，史坦哈要去上班的时候，就会对大楼的电梯管理员微笑着，说一声"早安"；他以微笑跟大楼门口的警卫打招呼；他对地铁的检票小姐微笑；当他站在交易所时，他对那些以前从没见过自己微笑的人微笑。

史坦哈很快就发现，每一个人也对他报以微笑。他以一种愉悦的态度，来对待那些满肚子牢骚的人。他一面听着他们的牢骚，一面微笑着，于是问题就容易解决了。史坦哈发现微笑带给自己更多的收入，带来更多的钞票。

史坦哈跟另一位经纪人合用一间办公室，对方是个很讨人喜欢的年轻

人。史坦哈告诉那位年轻人最近自己在微笑方面的体会和收获，并声称自己为所得到的结果而高兴。那位年轻人说："当我最初跟您共用办公室的时候，我认为您是一个非常闷闷不乐的人。直到最近，我才改变看法：当您微笑的时候，充满了慈祥。"

把你送到美满的地方

人生没有绝望的处境，只有对处境绝望的人。

美国最伟大的田园诗人惠特曼，他的第一本诗集《草叶集》在世界各地都有译本，而这本 100 多年畅销不衰的《草叶集》当时却没有一个出版商愿意出版发行。

惠特曼从事新闻记者工作，在印刷厂当助手。《草叶集》完稿后，他询问了很多出版社，但他们都毫无兴趣。在他朋友的帮助下，好不容易才出版了薄薄的一本小书。虽然这薄薄的小书好不容易出版了，但它还是没能引起任何人的兴趣。赠送的数量远远大于销售量。惠特曼曾夸张地说："一本也没卖出去。"

当时这本薄薄的小书不单单是销量差，负面评论也很多，《标准》杂志将这本书斥之为"一堆无聊的脏东西"。

但是这些打击都没有打倒惠特曼，他仍然守着崇尚自由、赞美大自然的本性。他所写的不妥协的诗，慢慢成了文学精英谈论的话题，也使得初版时赠阅出去的《草叶集》不断流传。

1860 年，波士顿一家新成立的出版社写信给惠特曼，希望他们能出版他的诗集，因此，增加了许多新诗的《草叶集》就这样出版了。这次出版

的销售情况比以前好多了，几年后以不同版本出版的《草叶集》销售量渐渐提高了，人们也渐渐接受了惠特曼的诗中所传达的信息。

有一个女孩，对足球十分痴迷，进入体校后，由于自己的种种原因，她常被队友奚落。每次职业队到体校选后备力量时，她都卖力地踢球，可都没有选中。教练一直在鼓励她："下一个就是你！"可她自己最后还是绝望了。就在她准备离开的那一天，她收到了职业队的录取通知书。在职业队受到良好系统实战训练后，她很快脱颖而出。她就是孙雯。

什么是乐观，就像一千个读者就有一千个哈姆雷特一样。

有一杯水，喝掉了一半，或许有人会失望地说："可惜只剩下一半了。"但也有人会微笑着说："嘿！还有一半耶。"

在一部电视剧中，男女主人公在年老时各自对一辈子生活的感悟总结了一段精彩的对白。女主人公说："这日子啊，虽然不会按照你预想的轨迹那样往前走。但总有一天，会把你送到一个让你满意的地方。"男主人公说的却是："这日子啊，只要你相信，它会按你预料的轨迹走。早晚有一天，它会按照你的轨迹，把你送到一个美满的地方。"

这两段话道出了一个真理：只要你努力了，奋斗了，坚持了，生活最终会给你一个丰厚的回报。但无疑，后者的心态更乐观，也更让我们欣赏和敬佩。

内心的脆弱需要包装

过分依赖倾诉的人，是无法走出自我迷雾的，因为倾诉终归是弱者的表现。

曾听一个朋友讲过这样一个故事。

刚刚毕业的时候，她是个很要强的女孩，为此，她舍弃了回老家做公务员的安稳之路，而选择了留在大城市从小职员做起。

对于她的寻梦之旅，朋友有的赞成有的反对。不过最终，他们还是选择了祝福这个倔强的女孩。

然而有人的地方就有竞争。当时她在销售部，而经理是个惯会欺上瞒下的"老油条"。初出茅庐的她，天真地认为只要有能力就一定能成功，于是在工作上狠狠地得罪了经理几次。

当时她并没有预料到这件事的后果。直到有一天，几个气势汹汹的保安闯进她的办公室，把她的抽屉翻了个底朝天，然后居然真的从她的私人物品里翻出了几件公司的产品。

毫无疑问，这是栽赃。平时大大咧咧的她，似乎从来不锁上抽屉。不过面对现实，她的辩解十分无力。公司人事部门最后"宽宏大量"，只是把她辞退了事。但是面对着往常亲切的同事如避蛇蝎的眼光，她整个人似

乎都要崩溃了。

心里不痛快，她开始找朋友喝酒聊天，说个不停，然而渐渐地她发现身边的朋友从最开始的倾听，渐渐变得不耐烦，他们再也不愿意陪她一起聊天，一起逛街，就是来坐一坐，听她说自己的苦恼也不愿意了。

这个故事告诉我们，你倾诉的负面情绪越多，别人就越在心里排斥你，因为谁都不愿受坏情绪的感染。

对此，一位作者在自己文章里有过这样的表述："我也很脆弱，只是我学会了用坚强的外壳把自己伪装到几乎骗过自己，这才发现自己是多么的可悲和无助！可现实终究是现实，我依然需要把自己缩在坚强的壳里，这样才能让自己不受伤害！让自己有信心去面对生活和现实的残酷！也许别人会说我虚伪，说我是个真正的胆小鬼，但我并不介意！因为我必须让自己坚强地面对生活！所以我不能让自己内心那些所谓的脆弱给击垮！同样的我也不能向现实认输！要让自己活得精彩，我就必须把自己的脆弱深深地藏起！"

可见，真正让自己强大起来的不是别人而是自己，否则，你就成了那个天天讲述阿毛故事的祥林嫂！

抱怨是一种慢性毒药

有人老是抱怨自己没有霍金的大脑，没有范冰冰的美丽，没有刘德华的帅气，没有比尔·盖茨的身家，其实，上帝对任何一个人都是公平的。

一个自以为很有才华的人，一直得不到重用，为此，他愁肠百结，异常苦闷。有一天，他去质问上帝："命运为什么对我如此不公？"上帝听了沉默不语，只是捡起一颗不起眼的小石头，并把它扔到乱石堆中，上帝说："你去找回我刚才扔掉的那颗石子。"结果，这个人翻遍了整个乱石堆，却无功而返。这时候，上帝又取下自己手中的那枚戒指，然后以同样的方式扔到乱石堆中。结果，这一次，他很快便找到了那枚戒指——那枚闪闪发光的戒指。上帝虽然没再说什么，但他却一下子醒悟了：当自己只不过是颗石子，而不是一块金光闪闪的金子时，就不要抱怨命运对自己不公平。

如果我们在平凡的生活中坚持磨砺自己的意志和品格，最终把自己打磨成一块闪闪发光的金子，那么，任何人都掩不住你灿烂夺目的光辉。

面对不幸，面对困境，我们所要做的不是怨天尤人，自暴自弃，而是应该不断捕捉生存的智慧，承受苦难，直面打击，使自己在挫败中成长。

世界首富比尔·盖茨在参加博鳌亚洲论坛2007年大会期间，接受了近两万名网友的提问。其中，大家向比尔·盖茨问得最多的问题是："你

成功的主要原因是什么？"比尔·盖茨的回答是："工作勤奋，我对自己要求很苛刻。"

在微软创业初期，比尔·盖茨就异常勤奋努力。微软老员工鲍伯·欧瑞尔说出了他 1977 年进入微软公司时比尔·盖茨的工作状态："那时候比尔满世界飞。他会亲自跑到各个公司跟人家谈，比如得州设备、施乐公司、德国西门子公司、法国公牛机器公司。那些公司会有一大帮技术、法律、销售及业务人员围着他，问他各种问题。比尔经常单枪匹马参加世界各地的展览会，推销产品。比尔整天都在销售产品，有时他刚出差回来就连续上班 24 小时，累了就在办公室睡一小会儿。"

李嘉诚在年轻时，每天工作 16 小时以上！一分耕耘一分收获！他最终成了香港首富。

因此，当你羡慕别人坐拥巨富享受高品质生活时；当你妒忌别人拿着高薪坐着高位时；当你看到机会总是让别人遇到时，你也许会抱怨世界真不公平。但是，当你抱怨不公平时，是否反省过："我够努力了吗？"

没有做不到，只有想不到。当你想到了，你就能胜任，脱颖而出！

嫉妒是恶性肿瘤

　　林黛玉在嫉妒，周公瑾在嫉妒，甚至连神话故事中那些天神也在嫉妒。看来，嫉妒不是个别的案例，而是普遍存在的问题。

　　乌鸦与黄鹂同住在森林，做着邻居。黄鹂的歌声婉转动听，每天都吸引了很多鸟类前来聆听，并受到大家的赞美。乌鸦心里越来越不平衡，于是每当黄鹂唱歌的时候，它也在旁边大声唱，企图用更大的声音淹没黄鹂的歌声，博取其他鸟类的赞美。可乌鸦越是这样，大家就越讨厌它。

　　乌鸦不但不悔改，反而变本加厉。日子久了，它的嗓子喊哑了，叫声变得非常难听。黄鹂不愿再跟它做邻居，搬走了。其他鸟类也不再理会乌鸦。乌鸦越来越郁闷，最后连羽毛也失去了原来的光泽，变得乌黑乌黑的。

　　动物尚且摆脱不了嫉妒的魔咒，人何以堪？

　　两个大学生，分到同一个单位。其中一个很有才华，另一个非常灵活。不用说，谋人的胜过了谋事的。他在当上领导之后，就把那个有才华的安排到一个不起眼的部门闲着。这时，一个是领导，一个是普通员工，照说应该反过来嫉妒才是。可这位领导就是放心不下，时时提防着，实在是个潜在的威胁啊……最后把他开除了事。

　　给别人穿小鞋，咯了别人的脚，嫉妒者虽获得了暂时的满足，却留下

　　了难治的病根，明显是得不偿失啊。

　　魏朝有个人叫杜昌，他妻子的嫉妒心相当大。

　　有一次，某个丫鬟给杜昌梳头。他妻子见后醋意大发，残忍地把这个丫鬟的手指斩断了。可没过几天，她的手指就被狐狸咬断了，感受了极其难忍的痛苦。

　　又过一段时间，杜昌喜欢听另一个丫鬟唱歌。他妻子又命人割下那个丫鬟的舌头。后来，她自己的舌头糜烂，痛不欲生。

　　最后，她意识到了自己的错误，特意迎请一些禅师诵经，自己也忏悔了七天七夜。

　　七天七夜过后，有一次，禅师在给她念忏悔文的时候，从她口中出现了两条毒蛇。见此情景，禅师加快了念咒的速度，两条蛇才完全出来，然后掉在地上就不见了。

　　从此以后，她的舌头便恢复正常了。

　　鸟飞翔在天空，鱼遨游在海底，它们有各自的空间。鸟不嫉妒鱼的海底世界，是因为它有自己的蓝天白云，鱼不嫉妒鸟的蓝天白云，是因为它有自己的海底世界。可见，只要你守住了自己的那片天空，内心就会坦然！

第四辑

爱情是盛开的罂粟花

爱情不是唯一

爱情银行与现实中的银行是有天壤之别的，存储量与利息不一定成正比，有时，你存储得越多，不但收不回利息，甚至连本金也会被冲灭。

有这样一个爱情小故事：

男孩和女孩是一对男女朋友，男孩很花心，但女孩对男孩很专情。女孩很爱下雨天，也喜欢淋雨。每当女孩跑出伞外淋雨时，男孩往往也想陪着她一起淋雨，但都被女孩给阻止了。男孩总问："为什么不让我陪你一起淋雨呢？"女孩总说："因为我怕你会生病！"男孩也会反问她："那你为什么要去淋雨呢？"但女孩总是笑而不答。

最后往往是男孩拗不过女孩而答应了她的要求，因为男孩只要看到女孩开心就很快乐，但幸福的时光总是不会长久的。男孩喜欢上了另一个女孩，喜欢她的程度更胜于女孩。有一天当男孩和女孩吃饭的时候，他提出了分手的要求，而女孩也默默地接受了。因为她知道男孩像风，是不会为了任何人而停留的。那天晚上，是男孩最后一次送女孩回家。在女孩家楼下，男孩吻了女孩最后一次。男孩说："真抱歉，辜负了你！但是陪你在一起淋雨是我最快乐的时光！"女孩听完便抽泣了起来，男孩抱着她。许久以后，男孩跟女孩说："有一个问题我想问你已经很久了，为什么每一次你在淋雨时都不让我陪呢？"许久之后女孩缓缓地说："因为我不想让你发现……我在哭泣！"那一天晚上，又下起了雨……

事实表明，过分专注于一个人，会被他牵着鼻子走，如被魔咒点中，不仅失去了自我，而且完全以他为中心。

青岛某高校大一学生小曹，失恋后，跳海自杀。消息在校园里传开后，大家都为小曹惋惜，有人说："如果小曹当时能乐观，肯找人聊聊，就不会选择轻生。"还有人说："如果小曹想想抚养他的父母，就不会离开人世。"还有人更说："小曹只有 22 岁，就这样离开了世界。"

小曹就是一个只为爱的人活着的人，当爱离去时，她把自己也迷失了。其实，为了爱，我们要执着专一，本无可厚非，但只有不是为爱情而爱情的爱，才是永恒的。

1988 年 4 月，正值中南海西花厅海棠花盛开之际，八十四高龄的邓颖超观花之后，满怀深情地向身边的工作人员三次讲述了她与周总理的爱情经历，表达了她对周总理的无限思念和对他们高尚、美好爱情生活的深切怀念。她说："我们的爱情生活不是简单的，不是为爱情而爱情，我们的爱情是深长的，是永恒的。我们从来没感觉彼此有什么隔阂。我们是根据我们的革命事业、我们的共同理想相爱的，以后又发现我们有许多相同的爱好，这也是我们生活协调、内容活跃的一个条件。"邓颖超的评价，进一步证实她与周总理的爱情是深长而永恒的，这种爱超越了世俗，超越了时空，令人动容，给人以永久的启迪与教育。

梨花带雨为哪般

　　《三国演义》的扉页上有这样一句话：合久必分，分久必分。足见，分分合合，聚散两依依，本是生活的常态。我们无须为聚合而惊喜若狂，也无须为分离而伤心欲绝。

　　聚是缘，散也是缘，自古皆然。淮北一带有个风俗：婚丧嫁娶中的设席摆宴，总要上一碗不荤不素不咸不淡，说是饭却当菜，说是菜而实际又是饭的"糯米甜饭"，现在叫它八宝粥，以前叫作"离合饭"。

　　男孩喜欢上一个女孩，决定向女孩表达爱意，于是寄给女孩一封情书，第二天，男孩收到了女孩的回信，可是信里并没有写一个字。男孩失望了，但他并没有放弃，给女孩写了第二封情书，是多么真挚的请求。然而女孩的回信依然是一片空白。后来，男孩每天都会给女孩写一封情书，他以为自己的执着可以感动女孩，日子一天天过去，女孩的回信却始终是空白。

　　男孩难过极了，他对女孩失望了，他握着女孩的第九十九封回信，以为女孩不会爱上他，以为回信一定又是一片空白。于是，他连同以前那98封回信一起装进一个盒子。他放弃了对女孩的希望……

　　一年后，男孩有了女朋友，女友想知道盒子里有什么秘密，男孩打开了尘封一年的盒子，女友数着他过往的情书，1、2、3、4……97、98，女友的手开始颤抖，99，"这封信为什么没有打开？""我……忘了……""能看看吗？""好吧……"

水蓝色的信封里飘落出一张纸，男孩弯腰捡起来，上面有女孩写的字："世界上最遥远的距离不是生与死，而是我站在你面前，你却不知道我爱你，我已备好嫁衣，等待你的第一百封信到来，就做你的新娘。"

可见，分分合合，并不可怕，可怕的是曾经拥有却不知珍惜。

有一天，杯子对主人说："我寂寞，我需要水，给我点水吧。"主人说："好吧，拥有了想要的水，你就不寂寞了吗？"杯子说："应该是吧。"于是，主人把开水倒进了杯子里，水很热，杯子感到自己快被融化了，杯子想，这就是爱情的力量吧。然后，水变温了，杯子感觉很舒服，杯子想，这就是生活的感觉吧。

后来，水变冷了，杯子感到害怕了，怕什么他也不知道，杯子想，这就是失去的滋味吧。慢慢，水冷透了。杯子绝望了，想，这就是缘分的"杰作"吧。

杯了说："主人，快把水倒出去，我不需要了。"

但是，主人不在。

杯子感觉自己快压抑死了，可恶的水，冰冷的水，放在心里，感觉好难过。

杯子奋力一晃，水终于走出了杯子的心里，杯子好开心，突然，杯子掉在了地上，杯子碎了，临死前，看见了，它心里的第一个地方都有水的痕迹，它才知道，它爱水，它是如此爱着水，可是，它再也无法把水完整的放在心里了。

杯子哭了，它的眼泪和水溶在一起，它奢望着能用最后的力量再去爱水一次。

朋友们，天长地久的爱情结合只是个传说，但白头偕老的爱情却是永远存在，何必为一时的离合而伤心难过呢？

是不是该安静地走开

郭富城唱过一首叫《我是不是该安静地走开》的歌，一直都被人奉为经典。

看过《蜗居》续集《鲜花朵朵》的人，都会感动高舰艇放手爱情的大彻大悟。嫁作他人妇的三朵和董良辰明明一直相爱，可中间隔着一条世俗的天河。如果三朵的丈夫高舰艇立马横刀于天河之上，又一个爱情的悲剧就会演绎。令人欣慰的是，当我们看到三朵的丈夫高舰艇终于明白坚守爱情，无论是对他自己，还是对三朵，都是一种苦痛，甘愿选择放手时，我们突然有一种感动，感动三朵丈夫高舰艇明智的选择。

阿木唱过一首叫《有一种爱叫作放手》的歌，曾红遍大江南北，爱过的恨过的人，都会唱那么一句：有一种爱叫作放手。

一只孤独的刺猬常常独自来到河边散步。杨柳在微风中轻轻摇曳，柳絮纷纷扬扬地飘洒下来，这时候，年轻的刺猬会停下来，望着水中柳树的倒影，望着水草里自己的影子，默默地出神。

一条鱼静静地游过来，游到了刺猬的心中，揉碎了水草里的梦。

"为什么你总是那么忧郁呢？"鱼默默地问刺猬。

"我忧郁吗？"刺猬轻轻地笑了。

鱼温柔地注视着刺猬，轻轻地说："让我来温暖你的心。"

上帝啊，鱼和刺猬相爱了！上帝说，你见过鱼和刺猬的爱情吗？

刺猬说："我要把身上的刺一根根拔掉，我不想在我们拥抱的时候刺痛你。"

鱼说："不要啊，我怎么忍心看你那一滴滴流淌下来的鲜血？那血是从我心上淌出来的。"

刺猬说："因为我爱你！爱是不需要理由的。"

鱼说："可是，你拔掉了刺就不是你了。我只想要给你快乐……"

刺猬说："我宁愿为你一点点撕碎自己……"

刺猬在一点点拔自己身上的刺，每拔一下都是一阵揪心的疼，每一次都疼在鱼的心上。鱼渴望和刺猬作一次深情的相拥，它一次次地腾越而起，每一次的纵身是为了每一次的梦想，每一次的梦想是每一次跌碎的痛苦。

鱼对上帝说："如何能让我有一双脚，我要走到爱人的身旁。"

上帝说："孩子，请原谅我的无能为力，因为你本来就是没有脚的。"

鱼说："难道我的爱错了？"

上帝说："爱永远没错。"

鱼说："要如何做才能给我的爱人以幸福？"

上帝说："请转身！"

鱼毅然游走了，在辽阔的水域下，鱼闪闪的鳞片渐渐消失在刺猬的眼睛里。

刺猬说："上帝啊，鱼有眼泪吗？"

上帝说："鱼的眼泪流在水里。"

"上帝啊，爱是什么？"

上帝说："爱有时候需要学会放弃。"

爱情的主要元素

　　饮食男女的爱，真诚是爱的主要元素。它不会像神话故事中的爱那样惊天动地，也不会像爱情肥皂剧里的男女那样爱得死去活来。

　　有一对情侣，男的非常懦弱，做什么事情之前都让女友先试，女友对此十分不满。

　　一次，两人出海，返航时，飓风将小艇摧毁，幸亏女友抓住了一块木板才保住了两人的性命。女友问男友："你怕吗？"

　　男友从怀中掏出一把水果刀，说："怕，但有鲨鱼来，我就用这个对付它。"女友只是摇头苦笑。

　　不久，一艘货轮发现了他们，正当他们欣喜若狂时，一群鲨鱼出现了，女友大叫："我们一起用力游，会没事的！"男友却突然用力将女友推进海里，扒着木板朝货轮游去，并喊道："这次我先试！"女友惊呆了，望着男友的背影，感到非常绝望。

　　鲨鱼正在靠近，它们竟然对女友不感兴趣而径直向男友游去，男友被鲨鱼凶猛地撕咬着，他发疯似的冲女友喊道："我爱你！"

　　女友获救了，甲板上的人都在默哀，船长坐到女友身边说："小姐，他是我见过最勇敢的人。我们为他祈祷！""不，他是个胆小鬼。"女友冷冷地说。"您怎么这样说呢？刚才我一直用望远镜观察你们，我清楚地看到他把你推开后用刀子割破了自己的手腕。鲨鱼对血腥味很敏感，如果他不这样做来争取时间，恐怕你永远不会出现在这艘船上……"

人性是有弱点的，英雄与狗熊仅仅一米之差。但要相信真诚的爱情并非只在神话中出现。

曾看到这样一个挂着泪珠，却很凄美的故事。

男孩和女孩初恋的时候，男孩为女孩折了一千只纸鹤，挂在女孩的房间里。男孩对女孩说，这一千只纸鹤，代表我一千份心意。

那时候，男孩和女孩分分秒秒都在感受着恋爱的甜蜜和幸福。

后来女孩渐渐疏远了男孩。女孩结婚了，去了法国，去了无数次出现在她梦中的巴黎。女孩和男孩分手的时候，对男孩说："我们都必须正视现实，婚姻对女人来说是第二次投胎，我必须抓牢一切机会，你太穷，我难以想象我们结合在一起的日子……"男孩在女孩去了法国后，卖过报纸，干过临时工，做过小买卖，每一项工作他都努力去做。许多年过去了，在朋友的帮助和他自己的努力下，他终于有了自己的一家公司。他有钱了，可是他心里还是念念不忘女孩。有一天下着雨，男孩从他的黑色奥迪车里看到一对老人在前面慢慢地走。男孩认出那是女孩的父母，于是男孩决定跟着他们。他要让他们看看自己不但拥有了小车，还拥有了别墅和公司，让他们知道他不是穷光蛋，他是年轻的老板。男孩一路开慢车跟着他们。雨不停地下着，尽管这对老人打着伞，但还是被斜雨淋湿了。到了目的地，男孩呆了，这是一处公墓。他看到了女孩，墓碑瓷像中女孩正对着他甜甜地笑。而小小的墓旁，细细的铁丝上挂着一串串的纸鹤，在细雨中显得如此生动。

女孩的父母告诉男孩，女孩没有去巴黎，女孩患的是癌症，女孩去了天堂。女孩希望男孩能出人头地，能有一个温暖的家，所以女孩才做出这样的举动。她说她了解男孩，认为他一定会成功的。女孩说如果有一天男

孩到墓地看她，请无论如何带上几只纸鹤。男孩跪下，跪在女孩的墓前，泪流满面。清明节的雨不知道停，把男孩淋了个透。男孩想起了许多年前女孩纯真的笑脸，心就开始一滴滴往下淌血。这对老人走出墓地的时候，看到男孩站在不远处，奥迪的车门已经为老人打开。汽车音响里传出了哀怨的歌声，"我的心，不后悔，反反复复都是为了你，千纸鹤，千份情，在风里飞……"

　　爱一个人，就意味着牺牲；爱一个人，就意味着真诚的付出。不要问为什么，爱就是爱。

做爱情的主角

当你置身于孤岛时，是选择安静地等候，还是自我救赦，其最终的结果肯定是截然不同的。

在一次意外中，一位男子被困于海上的一座绿岛上。男子时时刻刻都抱着很大的希望盼着求援船队的到来。可是，等了 3 天，仍未见到任何船只的身影！他只能自我安慰："再等等，相信自己一定能获救的！"

又过了 5 天，依旧未见到任何船只，男子仍然安慰自己："再等等，一定会有船来的。"

又过了 10 天，男子感觉有些绝望了！但是还坚持着："不！再等等，相信一定会有船经过这儿的！"

就这样，过了一年，终于，有船只停靠在这座绿岛边，不幸的是，男子已经死去很久了！

这个可怜的男子，因为过分依赖别人，而让自己陷入无底的深渊，可见，靠人不如靠己。

每个人都是自我的主宰，不要想着去充当别人的附庸，否则，结局会很凄惨。

一个女孩爱上了一个对爱情很苛刻的男孩，她本是一个相貌清秀，性

格温柔的知性女子，却不管她如何努力也得不到男孩的认可，他不是说她这里不好，就是那里不好。日子久了，她开始变得对自己也不那么的自信。一向对穿着很有见地的她，就因为他说她不会打扮自己，她开始偷偷用自己每个月为数不多的薪水买很多的时尚杂志。他说她不会做家务，她就虚心地向长辈请教，学着如何才能把家打理得井井有条。而他唯一为她做过的，不过是用自己的钱给她报了一个提高厨艺的学习班，却是因为嫌她做的饭菜不够美味。可就是这样，她也没能得到她想要的爱情。终于有一天，男孩还是狠心地离她而去，除了一张还来不及带走的漂亮小女孩的照片，只留给她了一条短信。他说他想要的是一份没有压力的爱情和一个懂他的小女人。她怎么都想不明白，自己为他改变了那么多，做到那么好，到头来，怎么还是留不住他的心？

迷失了自我的爱，不叫爱，那叫捆绑。

倘若一个人不为爱，不为名利所羁绊，就是真正地扮演了自己人生的主角。菲亚特集团老板的独生子就是这样一个另类，他放着亿万家产不继承，却痴心于自己的艺术梦想。

所以，大家应该明白这样一个道理：我们只不过是这世上匆匆的过客，不应随波逐流，要有自己的目标与信念，做人生的主角。

爱的期望值不要太高

天若有情天亦老，人间正道是沧桑。

有一种爱叫等待：孙红梅原是部队文工团的优秀演员，为了追寻葛非，主动报名参加赴朝慰问演出。演出结束后，她执意加入战地卫生员行列，留在了朝鲜。可是等了整整两年，孙红梅始终没有见到葛非。直到一次葛非为执行任务受了重伤，送到战地医院，才与孙红梅团聚。葛非伤好之后回到部队，又与孙红梅断了音信。在他牺牲的那一天，他第三次也是最后一次与孙红梅在战场相遇，两人约定战争胜利后，一起回家乡。孙红梅记住了诺言，并为此付出了一生的时间去等待，但葛非却一去不回。

有一种爱叫承诺：山东农民张玉华的妻子因医疗事故变成植物人。6年间，张玉华一直陪在妻子床前细心照料，每天都给没有知觉的妻子唱情歌，以图唤醒爱妻。终有一天，睡美人流下了眼泪。苏醒后的妻子还不能活动，张玉华誓言还要为爱坚守，直到妻子康复。

有一种爱叫患难与共：我国著名科学家童第周，十年动乱期间被打成反动学术权威。有人要他夫人叶毓芬同他划清界限。叶毓芬说："我了解他，他不是你们说的那种人！"粉碎"四人帮"后，有人曾问童教授："你是怎么挺过来的？"他笑着回答："相信党相信群众是最大的动力，但在家里，

爱人信任我，也给了我力量。"

有一种爱叫忠诚：著名剧作家吴祖光和新凤霞的爱情生活也是如此。反右斗争中，吴祖光戴着"右派"帽子"充军"到北大荒。当时，有人要新凤霞做出"离婚"的实际行动。新凤霞没有见风使舵，而是斩钉截铁地回答："吴祖光是好人，我要等他回来……"

啊，原来爱需要等待，需要承诺，需要患难与共，需要忠诚，更需要淡定！

那是一个美丽的神话

恋爱就是两个人拔河，只要一方放手，另一方必然摔倒、受伤。所以，在"拔河"开始的时候，双方都应该想一想，万一对方突然放手，自己应该怎么办；不得已放手的一方，则在放手之前，要尽量设法保护对方，让对方尽可能摔得轻一点，受伤不要那么严重。而被放手的一方，时时都要提防。

爱的承诺就像玉一样，外表很迷人，但容易碎。

你曾否这样等待一个承诺？

你跟他说："你今天晚上一定要打电话给我，我等你。"

他说："好。"

长夜漫漫，你孤独地守候在电话旁边，时间一分一秒地过去，由希望变成绝望。

他心里根本没有你。

第二天早上，他的电话再打来，已经没有意义，你的心在日出之前已经死掉。

你跟他说："我想见你，见一面就可以了，今天晚上8点钟，在餐厅里等。"

他信誓旦旦地说："我会来的。"

你一个人坐在餐厅里，9 点钟了，还不见他。10 点钟，他还没出现。12 点钟，收到他的留言，他说有要事不能来。你站起来，离开餐厅，你知道今生今世也不用再等他。

你忽然明白，孤注一掷，把这一注押在一个承诺之上，那是多么渺茫的一件事。

一个承诺在最需要的时候没有兑现，那就是出卖，以后再兑现，已经没有什么意思了。

一名少女失恋后跳楼自尽，遗下情书。情书上说，她本来是要等王子来把她吻醒的，可是，却等不到王子。

王子和公主的童话故事，实在不知荼毒了多少女孩子的心灵。

世上的确有王子，英国、西班牙、丹麦都有王子，情场上，却没有王子。今天还相信有王子，等于相信圣诞老人会在平安夜悄悄把礼物放进你挂在床尾的那只圣诞袜子里。

醒醒吧，朋友，那个把白雪公主从睡梦中吻醒的王子，不过是天方夜谭。

时间可以检验爱情

从前有个小岛，上面住着快乐、悲伤、知识和爱，还有其他各种情感。一天情感们得知小岛快要下陷了，于是大家准备离开小岛，只有爱留了下来，她想坚持到最后一刻。

过了几天小岛真的要下沉了，爱想请人帮忙。这时，富裕乘着大船经过。爱说："富裕，你能带我走吗？"富裕答道："不，我的船上有许多的金银财宝，没有你的位置。"

爱看见了虚荣在一艘华丽的小船上，说："虚荣，帮帮我好吗？""帮不了的，你全身湿透了，会弄坏我的船只的！"这时，悲伤走了过来，爱向她求助："悲伤，让我跟你走吧！""哦……爱呀！我实在太悲伤了，想自己一个人静静！"悲伤答道。快乐走过爱的身边，但是她太快乐了，竟然没看到爱也没听到爱的求救！

突然，一个声音传来："过来！爱，我带你走！"

这是一个长者，爱大喜过望，竟然忘记了问他的名字了。登上了陆地以后，长者独自走开了，爱对长者感激不尽，问知识老人："帮我的那个人是谁啊？""他是时间！"知识老人答道。"时间？"爱问道，"为什么他要帮我呢？"知识老人笑道："因为只有时间才知道爱有多么的伟大！"

　　爱是需要时间检验的。可见，在这世上能检验爱情的，恐怕只有时间。

　　他和她是大学同学，他来自偏远的农村，她来自繁华的都市。他的父亲是农民，她的父亲是经理。除了这些，没有人不说他们是天生的一对，在她家人的极力反对下，他们最终还是走到了一起。他是定向分配的考生，毕业只能回到预定的单位。她放弃了父亲找好的单位，随他回到他所在的县城。他在局里做着小职员，她在中学教书，过着艰辛而又平静的生活。在物欲横流的今天，这样的爱情不亚于好莱坞的"经典"。

　　那天，很冷。她拖着重感冒的身体，在学校给落课的学生补课，她给他打过电话，让他早点回家做饭。可当她又累又饿地回到家时，他不在，屋子里冷锅冷灶，没有一丝人气，她刚要起身做饭，他回来了。她问他去哪了，他说，因为她不能回来做饭，他就出去吃了。她很伤心，含着满眶的泪水走进了卧室。她走过茶几时，裙角刮落了茶几上的花瓶，花瓶掉在地上，碎了。半年后，她离开了县城，回到了繁华的都市。

　　无论爱情，还是婚姻，在时间面前，它们只不过是一个漂亮的瓷瓶，稍微一碰，就会破碎。

爱情不是筹码

爱情本是无色无味的，一旦掺杂了金属质，就会制造出无数的恩恩怨怨。

当你打开现代社会中的"豪门恩怨录"，就会发现，大部分女星嫁入豪门，换来的只是短暂的快乐，最终留下的却是无尽的悔恨和泪水。其中最为悲惨的例子，莫过于当年的红星叶蕴仪。

她有着甜美的长相，曾以玉女的形象被人熟知。当年的她形象清纯，可与同时期的周慧敏媲美。但自她在 1995 年宣布闪电结婚，嫁给玩具业的富商陈柏浩，一步跨入豪门后，玉女开始从大众的视野中消失。

在当年，她丈夫为了表达对妻子的爱意，甚至以叶蕴仪为原型制作了一批人偶玩具，不知羡煞几多旁人。

可惜好景不长，嫁人不淑，有道是"男怕入错行，女怕嫁错郎"。当叶蕴仪怀着第二胎时，丈夫开始流连于声色场所，四处寻花问柳，多次被记者拍到他与其他女人鬼混的照片。叶蕴仪开始以泪洗面。

叶蕴仪想挽回这段婚姻，但无奈郎心如铁，于 1999 年，陈柏浩提出离婚。

俗话说，豪门深似海，以金钱为筹码的婚姻，最终只能是自生自灭。

曾看到这样一个耐人寻味的故事，希望对大家有所启发。

男孩和女孩是一对青梅竹马的恋人。

有一天,男孩和女孩牵手逛街。经过一家首饰店门口时,女孩一眼看见了摆在玻璃柜中的那条心形的金项链。女孩心想:我的脖子这么白,配上这条项链一定好看。

男孩看见了女孩那出神的目光,他摸摸自己的钱包,脸红了,拉着女孩走开了。

几个月后,女孩的20岁生日到了。在女孩生日宴会上,男孩喝了很多酒,才敢把给女孩的生日礼物拿出来,那正是女孩心仪的那条心形的金项链。

女孩高兴地当众吻了一下男孩的脸。

过了半晌,男孩才红着脸,搓着手,嗫嚅地说:"不过,这,这项链是……铜的……"男孩的声音很小,但客厅里所有的客人都听见了。

女孩的脸蓦地涨得通红,把正准备戴到自己那白皙漂亮脖子上的项链揉成一团随便放在了牛仔裤的口袋里。

"来,喝酒!"女孩大声说,直到宴会结束,女孩再也没看男孩一眼。

不久后,一个男人闯进了女孩的生活。男人说,他什么也没有,只有钱。

当他把闪闪发光的金饰戴到女孩身上时,也俘虏了女孩的那颗爱慕虚荣的心。

他们很快在外面租了一间房子同居了。男人对女孩百依百顺,女孩暗暗庆幸自己在男孩与男人之间的选择。

对于女孩来说,那真是一段幸福的日子。

但是好景不长,当女孩怀孕时,男人又有了其他的女人而且失踪了。

当房东再一次来催她缴房租时,她只得走进当铺,把自己所有的金饰摆在了柜台上。

老板眯着眼睛看了一眼说:"你拿这么多镀金首饰来干什么?"

女孩一下愣住了,接着老板眼一亮,扒开一堆首饰,拿出最下面的那条项链说:"嗯,这倒是一条真金的项链,值一点钱。"

女孩一看，这不正是男孩送她的那条假金项链吗？

当铺老板把玩着那条心形的项链问："喂，你打算当多少钱？"

女孩忽然一把夺过那条项链就走了……女孩追悔莫及。

那个蓦然回首的人

友谊和爱不是写在脸上的，而是刻在心里的。

在外国媒体看来，网球"一姐"李娜已经成为中国网球的一个标签，然而人们感兴趣的可不仅仅是李娜一个人，每次转播李娜的比赛时，现场总会有一个机位适时地捕捉看台上一个黑黑的中国男人面孔。没错，这个人就是姜山。不管是作为老公，还是教练，或者是别的角色，李娜和姜山就是这么不离不弃。

回应传言——"我永远不会炒掉姜山"

李娜和姜山的出名几乎是在同一时间，人们记住姜山是因为李娜，同样人们喜欢李娜也是因为姜山。一个是球员、一个是教练、一个是妻子、一个是丈夫。这样的绝配组合，寻遍世界恐怕也是仅此一家。

然而，2011年，李娜将自己的教练换成了丹麦人莫滕森之后，一度传出姜山退出李娜教练团的传闻，这样的消息自然很容易让人联想到夫妻有隙，甚至连外国记者也很好奇老婆是怎么开口炒掉老公教练的。对此，李娜有力地回应："过去3年来，我们几乎24小时在一起，我肯定有些厌倦。而且，澳网之后我的表现不尽如人意，所以我需要调整一下我的团队，争取让自己尽快提高。我永远不会炒掉姜山。"

甜蜜恋情——倒追引发的网球情缘

李娜的左胸上有一个玫瑰和心组合而成的文身图案，这正是她为了纪念自己 16 岁就和姜山开始的那段甜蜜恋情。

早在 1995 年，李娜和姜山就已经相识。那时他们二人都是湖北省网球队的队员，只不过身为中国青年队主力的姜山已经是一线队的"明星"，而李娜还只是一名"混"在二线队的小姑娘。就像所有爱情小说里写的那样，情窦初开的小姑娘恋上英俊帅气的网球王子，李娜和姜山越走越近。

李娜回忆起那段日子时说："我们从小都是在一个队伍里，总是一起训练，一起出去逛街，一起 K 歌，然后就慢慢地走到了一起，一切都是非常的自然。"但充满个性的李娜不忘坦白当初是自己主动倒追的姜山，在某年的一个情人节，她鼓起勇气主动送给姜山一盒巧克力，两个人的恋情"正式"开始了。当时根据运动队规定，运动员不能谈恋爱，两人只能开展"地下恋情"。

此后，姜山退役并进入华中科技大学学习，而李娜也因为种种原因选择退役，追随恋人进入大学，二人从队友又变成了校友，关系进一步拉近。2006 年初，李娜和姜山低调结婚，很多人都不知道。

驭妻之道——为了妻子甘当出气筒

在很多人眼里，姜山一直都是以球场"出气筒"的形象出现，脾气火暴的李娜在球风不顺时，曾多次对着看台上的姜山怒吼"滚出去"之类的狠话。而此时的姜山总是二话不说，灰溜溜地背着包转身离开赛场。恐怕全天下，也只有姜山可以扮演这样一个角色了。"当矛盾发生时，我任何时候都不能去激化它。"姜山说，"李娜需要一个发泄的渠道。我很清楚她的性格，只有我才是她最信任的人，也只有我才能完全包容她理解她。"

要知道，姜山曾经也是李娜的偶像，他曾夺得全运会团体和混双项目的金牌。如今，为了妻子，他甘愿做一个人们眼中"成功女人背后的男人"。每年李娜都要满世界地参加各种职业网球赛，比赛之外的琐事几乎都是姜

山包办，陪李娜训练、收集对手情报、为球拍穿线换胶皮、买外卖，甚至还不忘留意第二天的天气预报。

"我很感谢姜山。我的脾气一向不好，而他一直在忍耐。"对于丈夫的默默付出，李娜心怀感激。其实，据李娜的朋友透露，别看李娜赛场上总是一副很酷的样子，在没有比赛的平时生活中，对姜山总是特别的温柔。在熟悉他俩的人看来，和"怕老婆"相比，"爱老婆"才是姜山感情世界的真实写照。

他们的故事告诉我们：众里寻他千百度，蓦然回首，那个不离不弃的人，就是你的亲密朋友或爱人！

爱情是零度的冰

我很欣赏这样一句话：爱情是零度的冰，友情是零度的水。也许我们是最好的冰水混合物吧。走到一起后升温会束缚，化为友情的水降温会想念。不冷不热间，就是爱情与友情的暧昧。

曾经有人说过这样一个故事：一群豪猪在洞内取暖，外面下着大雪。豪猪们非常冷，于是就挨紧一点，但是却被同伴身上的刺给刺痛了，于是又分散了一点，可是又觉得冷，就又往里挤，可是又被刺痛了，接着再向外挪一点。于是，在不断地挤挨中，豪猪找到了最佳距离，既不会刺伤同伴，又不会失去温暖。

从中不难看出，朋友间保持好恰当的距离需要智慧。太近了，彼此身上的刺会相互扎伤；太远了，彼此的气息就会消退。

歌德说：距离是一种美，不善于把握适当的距离是很难产生真正的爱情的。这话一点也不假。

柴可夫斯基和梅克夫人是一对相互爱慕而又从来未见过面的恋人。梅克夫人是一位酷爱音乐、有一群儿女的富孀，她在柴可夫斯基最孤独、最失落的时候，不仅给了他经济上的援助，而且在心灵上给了他极大的鼓励和安慰。她使柴可夫斯基在音乐殿堂里一步步走向顶峰。柴可夫斯基最著

名的《第四交响曲》和《悲怆交响曲》都是为这位夫人而作。

他们从未见过面的原因并非他们二人相距遥远，相反他们的居住地有时仅一片草地之隔。他们之所以永不见面，是因为他们怕心中的那种朦胧的美和爱，在一见面后被某种太现实、太物质化的东西所代替。

不过，不可避免的相见也发生过。那是一个夏天，柴可夫斯基和梅克夫人本来已安排了他们的日程：一个外出，另一个一定留在家里。但是有一次，他们终于在计算上出了差错，两个人同时都出来了，他们的马车沿着大街渐渐靠近。当两驾马车相互擦过的时候，柴可夫斯基无意中抬起头，看到了梅克夫人的眼睛。他们彼此凝视了好几秒钟，柴可夫斯基一言不发地欠了欠身子，梅克夫人也同样回欠了一下，就命令马车夫继续赶路了。柴可夫斯基一回到家就写了一封信给梅克夫人："原谅我的粗心大意吧！维拉蕾托夫娜！我爱你胜过任何一个人，我珍惜你胜过世界上所有的东西。"在他们的一生中，这是他们最亲密的一次接触。柴可夫斯基和梅克夫人是在用距离创造美，创造向往和动力。

看来，彼此摸不着，看不到，但又能感受到彼此呼吸的距离，应该就是朋友和恋人间最理想的距离了。

第五辑

幸运是个美丽的神话

北京伯乐何时遇

李宇春、张靓颖一夜之间由灰姑娘嬗变为超级偶像，于是，千千万万的歌者，坚持不懈地做着歌星梦。

然而，一个残酷的事实是，最大多数的人注定一生都只能在酒吧、饭馆边弹边唱或在北影门口蹲守。

有一首由北漂艺人自己创作的歌曲《北影门前北漂族》："北影门前北漂族，影视歌舞追梦苦。门外敬慕门内出，前程远大万众瞩。北京伯乐何时遇？漂泊异乡身心孤。族群新旧更替勤，失败才是成功母！"

它客观真实地反映了这个特殊群体的生存状态以及他们矢志不渝的精神寄托。"出名要趁早"，张爱玲的这句话不知道打动了多少人的心。然而，出名，然后成为明星如同雨后彩虹，虽然炫丽斑斓，却是那样的遥不可及，难以触摸。

22岁的石家庄小伙儿李晓磊长得眉清目秀。来北京两个多月了，至今也没有接到一个像样的活儿。从小就有着明星梦的李晓磊没有经过任何的表演专业训练，之所以敢于独闯北京，"傻根儿"王宝强无疑是他的精神领袖。因为王宝强的传奇经历，才让这个腼腆的小伙子坚信自己也有美好的未来。尽管文艺圈里的江湖很深，但是，前赴后继的人们仍然奋不顾身地要来闯江湖。

李晓磊说，自己对今后的演艺道路还是充满着期待，好在自己年轻，还有时间去等待。对于靠什么信念支撑自己在失望中一直走下去，李晓磊说，因为王宝强。从《盲井》里的小矿工被冯小刚赏识，到《天下无贼》里的傻根儿一举成名，及至后来《士兵突击》中的许三多从此家喻户晓。王宝强的一切，对于李晓磊来说如同一面镜子，他希望在这面镜子的引领下，成为第二个类似的传奇。只不过，这一次传奇里的主角不是王宝强，而是李晓磊。

他们的未来亦梦亦幻还未可知，但是，艾菲（艺名）的未来却走到了终点。

"霸王别姬，小豆子，小豆子。"这是成都夜店驻唱歌手艾菲最后一次更新自己的QQ签名。彼时，没有熟人会注意到这个全国花儿朵朵选秀成都一百强的女歌手写下这句话，究竟是什么心情。

但在两天后的9月29日，这位女歌手在车内烧炭自杀，这条极有隐喻的签名才被人注意到。

10月18日晚，艾菲曾经驻唱的夜店老板听朋友说起这条签名，他贴着记者耳朵近乎吼着说："这意思不就是想成角儿嘛？"夜店中强劲的音乐瞬间将这句话淹没。

在陈凯歌执导的影片《霸王别姬》中，小豆子是"虞姬"程蝶衣少年时代的昵称，而在程蝶衣少年时代为数不多的镜头中，这个小豆子驮着同时学艺的伙伴第一次偷看大人唱霸王别姬。

那场戏里，小伙伴热泪盈眶地对小豆子说了三句话。

第一句："他们怎么成的角儿啊？"

第二句："这得挨多少打啊？"

第三句："我什么时候才能成角儿啊？"

这些事实都说明：一个没有音乐天赋的孩子，就算每天练琴24小时，

也不一定能成为郎朗，成为李云迪；一个没有表演天赋的人，就算你天天蹲守在北影门前，也未必能成为王宝强第二。

背后的故事

当今社会，你会看到很多成功者。在我们从表面上看来，他有钱有车有房有地位，是一名事业成功者，那么一个成功者的背后是什么呢！往往隐藏着一段辛酸奋斗史。

山东希森集团董事长梁希森幼年曾一度以讨饭为生，早年做过铁匠，并在面粉厂、装修队当过工人。1992年，他组建希森集团。1999年，梁希森以最大债权人的身份，用3.98亿元拍得了陷入困境的北京最大别墅工程玫瑰园——拖垮邓智仁利达行的项目。传说他目不识丁，但却通过自身的努力，成功积累并运作着好几亿元的资产。

万科董事长王石曾是玉米贩子，1980年代初期他到深圳发展，收获的第一桶金是靠做饲料中介商，倒卖玉米得来的，这让他赚了300万元；王石用倒玉米赚来的钱开办了深圳现代科教仪器展销中心，经营从日本进口的电器、仪器产品，同时还搞服装厂、手表厂、饮料厂、印刷厂、首饰厂等。用王石的话来说，"就是除了黄赌毒、军火不做之外，基本万科都涉及了。"

盘点成功者成名前的辛酸岁月：也曾"月光"，也曾做过"北漂"。

有"国际范"之称的范冰冰从山东老家初到北京时，曾经穷困潦倒，每个月妈妈寄来1000元生活费，花去700元租房子然后留300块吃饭。

15岁时参与拍摄刘雪华与邵兵主演的《女强人》，之后刘雪华把她推荐给了琼瑶。后来才因一部《还珠格格》，从丫鬟变成公主。

　　王宝强出演《盲井》后，幸运地被冯小刚相中出演贺岁大片《天下无贼》，彻底"红了"。一脸憨厚的"傻根儿"王宝强，打小在河北农村长大。因为想做个像李连杰和成龙那样的武打巨星，在8岁时进了少林寺习武，14岁又开始闯荡北京。在北京闯荡初期，王宝强靠着腿脚功夫混进了剧组当武行，干些替身、群众演员的零活，混在人群中连一个背影都找不到。那段时间非常苦，每天都要找剧组开工，一天最多挣50块钱，每月收入几百元不定，一年多居无定所。

挖一口自己的井

两个和尚分住在相邻两座山的庙里，这两座山之间有一条河，两个和尚每天都会在同一时间下山去河边挑水，久而久之便成了朋友。

不知不觉 5 年过去了，突然有一天左边这座山的和尚没有下山挑水，右边那座山的和尚心想："他大概睡过头了。"就没太在意。哪知第二天左边这座山的和尚还是没有下山挑水。一个星期过去了，右边那座山的和尚心想："我的朋友可能生病了，我要过去看看他，看能帮上什么忙。"等他看到老友之后，大吃一惊，原来他的老友正在庙前打太极拳，一点儿也不像一星期没喝水的样子。他好奇地问："你已经一星期没下山挑水了，难道你不用喝水了吗？"朋友带他走到庙的后院，指着一口井说："这 5 年来，我每天做完功课后都会抽出空挖这口井，即使有时很忙，也坚持能挖多少算多少。如今，终于让我挖出了水，我就不必再下山挑水了，可以有更多的时间练喜欢的太极拳了。"

这个故事很有道理，人活着就要不断充实自己，要从长远的角度规划自己的人生。这样，我们才不会有那么多的遗憾。正所谓"活到老学到老"，朋友们，别忘记随时把握时间，不断充实自己，挖一口属于自己的井。

张老师当了 16 年的小学老师和 17 年的高中老师，从班主任到任教语

文、数学、音乐，基本上所有的科目张老师都教过。1989年退休的张老师，一刻也没闲下来。高度近视的她看着假性近视的学生越来越多，就琢磨着怎样才能治好他们。张老师利用空闲时间参加了老年大学的中医针灸推拿课程，通过自己的钻研和参加培训取得了中医推拿诊所的营业执照，张老师的诊所也就此开业了。诊所收费非常低，而且她还常常帮助家庭困难的孩子免费治疗。17年来，她的中医针灸推拿法治愈的近视青少年近万人。那本当年密密麻麻的治疗记录本，张老师收藏至今。

这两年，张老师又成了张老板。因为年纪大了所以之前的诊所也只好放弃了，但是她的心可不老。从小喜欢刺绣的她无意间听到广播里说中国刺绣工艺即将失传，她很是担忧，张老师就开始张罗着联系以前结识的苏州秀娘，开办起刺绣服装、唐装旗袍的工作室来。

社会知识更新越来越快，如果不及时加强营养，如果一味吃老底，你很快就会变成一个营养不良的"生锈"女人。

修养是心灵名片

修养是一个人内心各种美德的表现，是心灵的名片。

三国时期的蜀国，在诸葛亮去世后任用蒋琬主持朝政。他的属下有个叫杨戏的，性格孤僻，讷于言语。蒋琬与他说话，他也是只应不答。有人看不惯，在蒋琬面前嘀咕说："杨戏这人对您如此怠慢，太不像话了！"蒋琬坦然一笑，说："人嘛，都有各自的脾气秉性。让杨戏当面说赞扬我的话，那可不是他的本性；让他当着众人的面说我的不是，他会觉得我下不来台。所以，他只好不作声了。其实，这正是他为人的可贵之处。"后来，有人赞蒋琬"宰相肚里能撑船"。

可见，修养就是宽容。

蔺相如因为"完璧归赵"有功而被封为上卿，位在廉颇之上。廉颇很不服气，扬言要当面羞辱蔺相如。蔺相如得知后，尽量回避、容让，不与廉颇发生冲突。蔺相如的门客以为他畏惧廉颇，然而蔺相如说："秦国不敢侵略我们赵国，是因为有我和廉将军。我对廉将军容忍、退让，是把国家的危难放在前面，把个人的私仇放在后面啊！"这话被廉颇听到，就有了廉颇"负荆请罪"的故事。

可见，修养就是谦让。

红顶商人胡雪岩经商成功在很大程度上得益于"诚信"这一秘诀。

在他经营的胡庆余堂的大厅里，有一块著名的"戒欺匾"。上面的文字是胡雪岩亲自拟定的："凡是贸易均着不得欺字，药业关系性命，尤为万不可欺。余寸心济世，誓不以劣品巧取厚利，惟愿诸君心余之心，采办务真，修制务精，不致欺余以欺世人。是则造福冥冥，谓诸君之善为余谋也可，谓诸君之善自为谋亦可。"

他的钱庄在太平天国时期存了一个军官的银子，这个军官存银子时既没要存折，又承诺不要利息。后来那军官在与太平军打仗时身负重伤。弥留之际，拜托一位老乡帮他到胡雪岩的钱庄取回所存银两，带回四川老家还债。于是这位老乡到胡雪岩的钱庄去取钱，可是他没有任何凭据。胡雪岩了解了情况后，不仅让其取出了本金，而且支付了利息。

胡雪岩诚信待客的消息不胫而走，来他钱庄存钱的人越来越多，他的生意当然也越做越好。

可见，修养就是诚信。

读书是最好的

我国著名的马克思主义经济学家、《资本论》最早的中文翻译者王亚南，1933 年乘船去欧洲。客轮行至红海，突然巨浪滔天，船摇晃得使人无法站稳。这时，戴着眼镜的王亚南，手上拿着一本书，走进餐厅，恳求服务员说："请你把我绑在这根柱子上吧！"服务员以为他是怕自己被浪头甩到海里去，就照他的话，将王亚南牢牢地绑在柱子上。绑好后，王亚南翻开书，聚精会神地读起来。船上的外国人看见了，无不向他投来惊异的目光，连声赞叹说："啊！中国人，真了不起！"

高尔基，苏联大文豪，列宁称他是"无产阶级艺术最杰出的代表人物"。

他出生在沙俄时代的一个木匠家庭，4 岁丧父，寄养在外祖母家。因为家庭极为贫寒，他只读过两年小学，10 岁时就走入冷酷的"人间"。他当过学徒、搬运工人、面包师……还两度到俄国南方流浪，受尽苦难生活的折磨。但他很喜欢读书，在任何情况下，他都要利用一切机会，扑在书上如饥似渴地读着。如他自己所说："我扑在书上，就像饥饿的人扑在面包上一样。"

他为了读书，受尽了屈辱。10 岁时在鞋店当学徒，没有钱买书，就到处借书读。那时的学徒，实际上是奴仆：上街买东西，生炉子，擦地板，

洗菜带孩子……每天从早晨干到半夜。但是在劳累一天之后，他依然用自制的小灯，坚持读书。

老板娘不仅禁止高尔基读书，还到阁楼上搜书，搜到书就撕碎。因为读书，还挨过老板娘的毒打。高尔基为了看书，什么都能忍受，甚至甘愿忍受拷打。他说过："假如有人向我提议：'你去广场上用棍棒打你一顿！'我想，就是这种条件，我也可以接受的。"

由于高尔基一生如饥似渴地读书，勤奋不懈地努力，他写下了大量有影响的作品，如《童年》《人间》《我的大学》等。

读书使人知理，读书让人立志。张海迪，儿时患脊髓病，胸以下部位全部瘫痪，不能像正常的孩子一样行走玩乐更不能上学。在残酷的命运挑战面前，张海迪没有沮丧和沉沦，她以顽强的毅力和恒心与疾病斗争，经受了严峻的考验，对人生充满了信心。她虽然没有机会走进校门，却发愤学习，学完了小学、中学全部课程，自学了大学英语、日语、德语和世界语，怀着"活着就要做个对社会有益的人"的信念使张海迪成为一个对社会对国家有用的人，成为一个被世人瞩目敬仰的人！

活在当下

有个小和尚，每天早上负责清扫寺庙院子里的落叶。

清晨起床扫落叶实在是一件苦差事，尤其在秋冬之际，每一次起风时，树叶总随风飞舞落下，到处都是。

小和尚每天早上都需要花费许多时间才能清扫完树叶，这让小和尚头痛不已。他一直要找个好办法让自己轻松些。

有一天这小和尚想出了一个好办法，于是隔天他起了个大早，使劲地摇树，这样他就可以把今天和明天的树叶一次扫干净了，一整天小和尚都非常开心。

第二天，小和尚到院子一看，他不禁愣住了。院子里如往常一样，落叶满地……

无论你今天怎么用力摇树，明天的落叶还是会飘下来。世上有很多事是无法提前的，唯有认真的活在当下，才是真实的人生态度。明天如果有烦恼，你今天是无法解决的，每一天都有每一天的人生功课要交，努力做好今天的功课再说吧！

陈坤是一个深谙生存之道的人，下面是他与记者的一段对话，可窥一斑而知全豹。

陈坤说自己是"活在当下的人"，既不瞻前也不顾后。这句话固然大多数人都会说，但却很少有人能像陈坤一样真正地去享受当下。

记者："有没有想过未来会成为什么样的人？"

陈坤："我还真没有想过，关键是把今天的状态保持好，你今天要平静地去感受生活，当然也会有失控的时候，沮丧的时候，高兴雀跃的时候，但是你要知道未来是未知的，关键你就是要把自己的心态调整好。"

记者："就是要'活在当下'是吗？"

陈坤："对，这是最重要的，现在的人都把这句话当成语用，但是又有多少人能理解当下的含义呢？过去的已经过去了，未来的还没有发生，这就是'当下'。"

记者："你会这么想是因为对生活很有自信吗？"

陈坤："我倒是觉得是要学会平静才会这么想，你要安静下来，这样你才能看到事物的本质可能真的像一阵风一样，不是一成不变的。对于自信还是其他，都是你的读解，我也不用想那么多，我现在状态就是这样。"

记者："这种平静的状态对你来说意味着什么呢？"

陈坤："这种平静的状态，是我从书上学到的或者是对生活的感悟，我觉得对自己有用，平静会让我更好地感受生活。别人那种浮躁的状态也许我也会羡慕，但是不适合我。我一直强调内心的平静，不是外在的浮华，名利的追捧。对于我来说，你先要把心态放正确，如果你真的心里平静的话，有名与没有名，成功与否都不重要。是因为你知道自己的价值在哪里。归根结底，就是你要很冷静地去享受自己的人生，这就是我的感受。"

别由着性子来

　　率性而为会成为你放纵情绪的习惯，遇到问题就顺着性子来解决，有时候，你也许真的解决不了问题。

　　艾文斯其实是个很正直的人，没有什么心计，心里怎么想的就怎么说。简单地说，他说话做事都是率性而为。

　　"我没觉得这样有什么不好，要是一个人老是看别人的脸色过日了，那不是太辛苦了吗？"家人和朋友劝说他的时候，他总是这样理直气壮地回答。

　　不管是在家里还是在单位，也不管对方是谁，不管是什么场合，只要他的脾气上来了，他就会不加克制地说出内心的想法，甚至勃然大怒，有时弄得别人非常尴尬。知道他脾气的人不和他计较，但是更多的人还是不喜欢他，因为他们几乎都被艾文斯的某句话或者某个行为而遭遇尴尬，虽然大家都知道他没有什么害人之心。

　　但是，他却害了自己。有一天他和上司大吵了一架。他在办公室里当着众多同事的面大吼大叫，最后抓起公文包，指着上司的鼻子，大声地说："你厉害！我就是不吃这一套，我不干总可以了吧！"

　　可是，第二天他仍然要面对上司，因为他找不到更好的工作。但是，

从此以后他一直做着无关紧要的工作，而同事都纷纷得到了提升或加薪的机会。

做生意要打开市场，为各个环节扫除障碍，人际关系难免要应付，求人也是不可避免的。俗话说："人在屋檐下，不得不低头。"你若坚持率性而为，放纵情绪，你得到了发泄的一时快感，却失去了影响一生的机会，而且还留给别人脾气暴躁的不良印象。时间长了，还会有谁喜欢和你合作？愿意支持你？愿给你发展的机会？

苏苏跳过几次槽，不同的行业不同的行当，每次似乎在待遇上都有所提升，每次似乎都体会到了一份全新的职业所带来的快乐，快乐当然是来自新鲜感和逐渐提高的薪水。当时年少，当然没有想到，一个人如果老是沉醉于那些浅薄的兴奋的时候，危机已经产生了。

苏苏每次离开一个单位，理由都简单得不能构成理由，不喜欢了就离开，没劲了就离开，同一个率性的女子放弃一段感情一样简单。而苏苏忘了，有时候率性是年轻人的专利，但当时苏苏却以为率性就是张扬个性。对于那些苦心坚持的人们，对于那些打落牙齿和血吞的人们，年轻的苏苏只觉得同情与怜惜，甚至有一点怒其不争，殊不知苏苏才是那个该同情的人。

借鉴可缩短过程

善于借鉴的人，就善于把别人的长处变成自己的长处，很容易脱颖而出。因为别人身上只有一种长处，而他身上却具备了许多人的长处。但是，借鉴绝非简单地复制！

纵观全球 500 强企业，没有几个是靠复制别人的成功模式，来发展壮大自己的。戴尔大中国地区总裁曾将他们的企业管理、经营架构和竞争策略等方面的经验公示于众，他们之所以这样露骨地将私家"秘籍"和盘托出，是因为戴尔认为成功的经验是不可复制的。

曾经让中国内地商界看好的"亚细亚模式"就因复制走上了不归之路。当时他们在全国不断复制出新的连锁店，可惜被照抄的成功经验，总是无法长久应用，亚细亚连锁店最终如同多米诺骨牌一样一个个倒闭。

如果只是借鉴成功模式，而不是照抄或复制成功模式，那结局可能会是另一番景致。二十几岁，一定要明辨借鉴和复制的本质差别，要不然下一个栽倒的就是自己了！

不满 18 岁的台球小子丁俊晖，在 2005 年横空出世，他的名字一时间与姚明、刘翔这样的巨星齐名。10 年前，丁俊晖的父亲决定让 8 岁的儿子丢掉书包拾起球杆时，他并没有料到这近乎疯狂的举动，竟谱写了中国体

坛新课题——家庭投资体育。

这与从传统体校到体工队，再输送至国家队不同，丁俊晖的成功，完全脱离了旧模式。家长重金栽培，然后留洋海外，自力更生，丁俊晖成才之路纯属个人出资、个人培养。

很多家长都想按照"丁俊晖模式"来培养自己的孩子。其实，这样完全照搬的模式，不注重孩子的自身条件和兴趣的做法，结果往往是不仅没有收获他们梦想中那样的成功，还耽误了孩子的学业。

毕竟，并不是所有家庭，都能冒倾家荡产的风险培养孩子的，而即使倾家荡产，也不是人人都能成为丁俊晖。

经验是特定场合的产物，每个人的实践场所总是处于变化之中，即使个人以往的经验，也要因时因地制宜地选择性运用，对别人的经验，更不能"完全照抄"的复制。

我们一定要明白：无论在何种领域，成功者必有自己的可取之处，善于借鉴经验，可缩短自己摸索过程，更快地走向成功，但绝不是简单地复制。

做向上的车轮

鲁迅说：不自满是向上的车轮，能载着不自满的人类向前进。

永不满足是使事业成功的强有力的刺激，尤其是与特定的目标相结合的时候。

有个公司老板一直看不起生平无大志的人，他曾对一职员说："你满意现在的职位吗？你满足现在的微薄的薪水吗？"当那位职员踌躇满志，答复已觉得满意的时候，他马上把他开除了，并很失望地说："我不希望我的手下以现在所拥有的感到满足，从而终止他的前途发展。"

1946 年 5 月，在一个小小百货店的 3 楼，一家名字叫"东京通行工业"的小工厂成立了。但是怎么可能想象得到，就是这个微不足道的街道工厂，日后竟然成长为引领世界潮流的电子产业豪门——索尼！

这个小工厂的老板——井深大，曾发明扬声器的他，总希望自己的发明能让人们生活更方便。而另一个当家老板盛田昭夫是个营销天才，他希望自己的产品能"冲出日本，走向世界"。

"盛田君，最近咱们的销售怎样？"

"总体不错，但总觉得销路没打开。井深君，我觉得我们的产品应该冲出东京，冲出日本！"

"对了，现在钢丝录音机盛行，可是磁带录音机却很少人触及，一旦做好，就是一个取之不尽的'金矿'啊！"

"决定了的事情就马上去做"，这是东京通信工业的传统。

然而，总是有意想不到的困难突然蹦出，和这些年轻人纠缠一番……

磁带录音机，总要把磁带抹在带子上吧！于是工人们拿着刷子开始洗刷刷！

夜以继日地工作终于换来了回报，怎能不让人沉浸在喜悦当中？然而马上被泼了一桶凉水，负责宣传的仓桥的腿都要走直了，却只卖出了一个。一个偶然的机会，皇后陛下等皇室成员参观了磁带录音机厂。工作人员小心翼翼地给皇后录了音，却怎么也放不出来，这可急坏了解说员。他左敲敲，右碰碰，急得满头大汗，连皇后都被逗笑了，不过最终放出了音，报纸很给力，标题是"皇后听见自己的声音，露出笑容！"

很快，磁带录音机有了销路。录音机一下子售出了百万日元！

真是"百家功夫，尽出索尼"。

细节决定成功

　　"经营之神"王永庆：管理没有秘诀，只看肯不肯努力下功夫，凡事求得合理化。台塑经营管理的理念是追根究底、止于至善。

　　这位被称为"经营之神"的小个子老人，如今已88岁，但仍然活跃于台湾的企业界，因此他被称为台湾的"常青树"企业家。在半个世纪里，他领导的台塑实业，从一家几度濒临倒闭的小公司，一跃成为现今世界上最大的塑胶化工企业，业绩斐然。2004年，王永庆以28亿美元的资产位居台湾富豪榜首。而与这些财富数字相比，更有意义的是：他是台湾的一根精神标杆。

　　他一生精力旺盛，极力倡导压力式管理，万事俱求效率，点滴追求合理，因此他既被誉为"神"，又被当成"魔"。但不管是"神"还是"魔"，人们都对他无比敬畏，因为他凡事都能做到以身作则。60多年来，他每天坚持早上4点钟起床跑步，不管刮风下雪，没有一天停过；50多年前，他是一个小学未毕业的差生，每次考试均在后10名内，但通过半个世纪的磨炼，他成为台湾最熟悉塑胶的专家，其间坎坷，万言难尽……

　　在16岁的时候，他做了人生中第一个重要的创业决定：开米店。这一决定直接为他打开了一条创业之路，当然并非在经济上，而是在经验上。

　　他的米总是比别人的要干净，因为每担米他都仔细挑选，把里面的石子筛选出去；他率先提出送货上门，同时记下客户的地址、家里的人口，甚至还有发薪水的日期，因为如此他便能准确地在客户需要米，又有钱的时候出现在他们面前——这样一个早期的数据库系统，使王永庆的米店生意蒸蒸日上。同时他还提出了一斗米只赚一分钱、半夜两点也送米等措施。当时，王永庆的米店成为当地的佼佼者，连受到政策保护的日本米店都比不上他。

　　在创办"台塑"之前，王永庆办过砖窑厂、木材厂等公司，他所办过的公司，在当时的同业中都是佼佼者，主要原因是王永庆比别人更勤奋，同时他又是个善于思考的人。

　　当时的王永庆连"塑料"两个字都不知道怎么写，而且一开始的项目也并非由他承担——政府先是交给一个化工厂的老板，在化工厂老板考察了日本、欧洲的同类企业后，发现以台湾的能力根本无法达到规模效应而决定放弃后，政府才找到当时来申请制造轮胎的王永庆。王永庆后来回忆时，还常念叨："我是被糊里糊涂地骗到这行来的。"

　　1954年3月，王永庆成立"台湾塑胶工业股份有限公司"，将自己50万美元的积蓄全部投进去，同时还获得67万美元的美国援助资金，从而开始了具有传奇色彩的"塑胶大王"之旅。

最美的托词

某次网络调查显示，在职场上575位被调查的人中，有41%的人常常觉得自己怀才不遇；有34%的人偶尔觉得自己怀才不遇；只有25%的人从来不觉得自己怀才不遇。从这个调查可以看出，正在或者曾经觉得自己"怀才不遇"的人加起来有75%，说明这个在职场中很普遍，那你就可以不用那么委屈，不是只有你一个人怀才不遇，很多人都是。况且可能人家比你更有才，人家还没能遇呢！

有一个女孩，高中毕业后，没考上大学，被安排在当地的一所学校教初中。结果，上课还不到一周，由于解不出一道数学题，被学生轰下讲台，灰头土脸地回了家。母亲为她擦了擦眼泪，安慰说，满肚子的东西，有的人倒不出来，有的人倒得出来，没必要为这个伤心，找找别的事，也许有更合适的事情等着你去做呢。

后来，女孩随本村的伙伴一起外出打工。糟糕的是，没几天她又被老板赶了出来，原因是裁剪衣服的时候太慢了，别人一天可以裁制出六七件来，而她仅能做出两件来，而且质量也不过关。母亲对女儿说，手脚总是有快有慢的，别人已经干了许多年了，而你初来乍到，怎么快得了。说完，便为女儿打点行装，准备让她到另一个地方试试。

女孩先后到过几家工厂、公司，当过编织工，干过营销，做过会计，但无一例外，时间不长都半途而止了。然而，每当女儿失败后满脸沮丧地回家的时候，母亲总是安慰她，从来没有说过抱怨的话。

一个偶然的机会，女孩受聘于一所聋哑学校当辅导员，这一次她如鱼得水。几年下来，凭着学哑语的天赋和一颗爱心，与学生建立了良好的互动关系，深受学生们的爱戴。后来，她自己申请开办了一家残障学校；再后来，她在许多城市又开办了残障人用品连锁店。如今她已经是一位爱心和资产一样都不少的女老板。

有一天，功成名就的女儿凑到已经年迈的母亲面前，她想得到一个一直以来很想知道的答案。那就是，那些年她连连失败，自己都觉得前途渺茫的时候，是什么原因让母亲对她那么有信心呢？母亲的回答朴素而简单，她说：一块地，不适合种麦子，可以试试种豆子，豆子也长不好的话，可以种瓜果，瓜果也不济的时候，撒上些荞麦种子一定能开花。因为一块地，总有一粒种子适合它，也终会有属于它的一片收成……

每个人都是独一无二的，我们就是自己最大的财富。但有人看不到自己的价值，只知道自怨自艾，自卑自轻，古语说得好；天生我才必有用，生命是短暂的，不在这短暂中振作起来，找到并实现自己的人生价值，是不是很对不起自己呢？

学会摔跤

马克思说："人要学会走路，也得学会摔跤，而且只有经过摔跤，他才能学会走路。"

1887年，宋耀如与倪桂珍结婚，育有三女三子，他们便是名闻中外的宋蔼龄、宋庆龄、宋美龄三姐妹和宋子文、宋子良、宋子安三兄弟。宋家的孩子在蹒跚学步时，宋耀如就鼓励他们："一步两步三步，好！跌倒了别哭，自己爬起来再走，好！一二一，一二一……"孩子们果然不哭了，跌倒了爬起来继续走。朋友们以为他与孩子们开玩笑，宋耀如却说："这不是开玩笑，这是人生之路的第一步，将来在社会上闯世界，全靠这第一步呀！"

孩子们渐渐长大。有一天风雨交加，宋耀如特地选择这种天气，带着蔼龄、庆龄、子文等人去龙华。他没有让孩子们参观龙华古刹，而是让他们丢掉手中的雨伞，站在古塔下淋雨。宋耀如指着高高耸立的龙华塔对孩子们说："你们看这座塔，千余年来不怕风雨，为什么？因为它基础牢固，骨架紧密。你们将来进入社会，就要从小打基础，练骨架。现在让我们一起开始比赛，围绕宝塔跑六圈，六六大顺！"宋耀如带头跑起来，孩子们紧紧跟在父亲身后，哪个孩子不小心在泥泞中跌倒，都会迅速地爬起来再

165

跑，无一肯落后。

宋耀如夫妇同所有父母一样爱孩子，但他们更觉得要为孩子的将来着想，因此他们不想把孩子们当作珍珠玛瑙那样地去爱。玉器是细琢出来的，才干是苦练出来的。他们主张培养孩子的自立自强精神。后来，宋世家族兄弟姐妹果然对中国的近代史有着深远的影响。

在广西南宁市举行的第七届全国“故事大王”选拔邀请赛上，尽管孩子们都是全力以赴，但由于“表现太假”，难以赢得评委的赞许和观众的掌声。比赛最终变了味，成了“比哭大赛”。

一个女孩在故事还没讲完时，看到了工作人员举起的“超时”牌，当即脸红耳赤地愣住了，随后走下台来就大哭不止。立刻有家长和辅导老师围了过来，纷纷开始了对裁判的埋怨。女孩在大家的“声援”下噘起嘴哭得更凶了。

比赛期间，大会安排参赛的小选手和鞠萍、豆豆等著名儿童电视节目主持人联欢，其间公布参加决赛选手的名单。一些正玩得兴高采烈的孩子没有听到自己的名字，马上毫无顾忌地大哭起来，更有甚者，一边哭一边在地上滚来滚去。

“不仅在宣布复赛结果的时候场面尴尬，当晚小选手住得最集中的一栋宾馆楼上也是哭声阵阵，一些家长和辅导老师不是从正面安慰和引导、鼓励孩子，而是一味抱怨选拔不公正，组委会工作人员的住处不断有选手的家长和老师上门来找。”这位负责人无奈地说。

给对手让路

有一个大师，一直潜心苦练，几十年练就了一身"移山大法"。

有人虔诚地请教："大师用何神力，才得以移山？我如何才能练出如此神功呢？"

大师笑道："练此神功也很简单，只要掌握一点：山不过来，我就过去。"

现实世界中有太多的事情就像"大山"一样，是你无法改变的，至少是暂时无法改变的。

如果事情无法改变，你就改变自己。只有改变自己，才会最终改变别人；只有改变自己，才可以最终改变属于自己的世界。山，如果不过来，那你就自己过去吧！

刘某与孙某的厂子都同时开发一个项目，但由于孙某的技术力量雄厚，他的项目比刘某早一个月上市，本来共同研究一个项目就很窝火了，没想到还让他抢了先机，刘某更是气上加气，于是他匿名向质检部写了一封检举信，检举孙某的产品有质量问题。结果弄得孙某停产一个月接受检查，损失惨重。孙某知情后也愤怒地把刘某告上了检察院，还花重金买到了刘某厂子的独家资料。正当刘某为挡了孙某的财路而沾沾自喜时，接到了检察院的检查通知信，没想到这股风竟然刮到了自己的头上。刘某最终因产

167

品不合格而不得不停产。刘某真可谓是赔了夫人又折兵啊，挡人财路最终害人害己。

　　林肯任美国总统时，曾经有人批评他对待政敌的态度："你为什么试图让他们变成你的朋友呢？你应该想办法打击他们，消灭他们才对。"林肯的回答是："当他们变成我的朋友时，难道我不是在消灭我的敌人吗？"

　　商业战争是一场高级的战争，而不仅仅是原始丛林的互相撕咬。这场战争里可能充满了各种残酷、野蛮、阴暗的元素，但同时，它又应该是智慧和文明的。你的竞争对手也可能成为你的合作伙伴，可能是你的重要支持者，也可能是你迈向成功的老师。

　　商业史上那些著名的对手，可口可乐和百事可乐、麦当劳和肯德基、宝马和奔驰……他们从未停止缠斗，但他们也非常清醒地认识到彼此存在的意义，在大多数时候，他们总是视对方为一个可敬的对手，而非一个必须置之死地的敌人。

借口不是救命稻草

在做事的过程中，有些人因各种借口造成的消极心态，就像瘟疫一样毒害着他们的灵魂。

阿春和阿军是少年时代的同乡，不久前的一天，两人在街上偶遇，十几年未见面，大家都颇为感慨，于是亲切地聊起来。然而，在谈到未来打算时，阿军竟说自己已经"老"了，"现在只是为了孩子赚钱，还有十几年就要退休养老了，没有其他想法了"。而阿春却兴奋地讲述了一大串的计划设想。

阿军他才三十五六岁，怎么就等待退休养老呢？怪不得我们这个社会有那么多失败者，他们不努力去追求成功，却随意找借口，迎接和等待人生的失败。

阿军在少年时代是一个聪明的孩子，家境也不错，父亲是国家干部，母亲也有工作，在当年可是一个让人羡慕的家庭。他现在在某国有企业当职员，当过兵，老婆在机关工作，他们有一个儿子在读小学。在当今中国，这是一个典型的三口之家。按说他现在最具有条件去设立某个目标，努力攀登。遗憾的是，他竟然放弃了一切追求。年龄的借口显露了他消极失败的心态。

三十五六岁是最有作为、精力最旺盛的时候。因为这个时候，人们因吸收丰富的生活养料而逐渐成熟，比较容易认识和把握自己。许多成功人士都是在 30 ～ 60 岁的年龄阶段成就自己的。

北京天安制药集团总裁克键，49 岁才开始辞职创业。山东乳山百万富翁、养蚶专家辛启泰，50 岁才从海边滩涂上寻找成功之路。四川"蚊帐大王""杨百万"，66 岁才从摆小摊开始做生意。美国前总统里根 73 岁还参加竞选。

据从事美国成功人士研究的拿破仑•希尔对 2500 人进行分析，结果显示很少有人在 40 岁以前取得事业上的成功。美国著名的汽车大王福特，40 岁还没有迈出成功的重要步伐。美国钢铁大王安德鲁•卡耐基在取得巨大成就之时，已过 40 岁。拿破仑•希尔本人出版第一本成功学著作时已是 45 岁，之后他为成功事业还工作奋斗了 42 年，当他 80 岁的时候还在出书。

"没有任何借口"是美国西点军校 200 年来奉行的最重要的行为准则，是西点军校传授给每一位新生的第一个理念。它强化的是每一位学员应想尽办法去完成任何一项任务，而不是为没有完成任务去寻找借口，哪怕是看似合理的借口。秉承这一理念，无数西点毕业生在人生的各个领域取得了非凡的成就。

化腐朽为神奇

英国一位主教的墓志铭是这样写的："当我垂垂老矣之时，终于顿悟，我应该先改变自己，用以身作则的方式影响家人。若我能先当家人的榜样，也许下一步就能改善我的国家，再以后，我甚至可能改造整个世界。"

很久很久以前，人类都还赤着双脚走路。

有一位国王到某个偏远的乡间旅行，因为路面崎岖不平，有很多碎石头，刺得他的脚又痛又麻。回到王宫后，他下了一道命令，要将国内的所有道路都铺上一层牛皮。他认为这样做，不只是为自己，还可造福他的人民，让大家走路时不再受刺痛之苦。

但即使杀尽国内所有的牛，也筹不到足够的皮革，而所花费的金钱、动用的人力，更不知凡几。虽然根本做不到，甚至还相当愚蠢，但因为是国王的命令，大家也只能摇头叹息。

一位聪明的仆人大胆地向国王提出进言：国王啊！为什么您要劳师动众，牺牲那么多头牛，花费那么多金钱呢？您为何不只用两小片牛皮包住您的脚呢？

国王听了很惊讶，但也当下领悟，于是立刻收回成命，改采这个建议。据说，这就是皮鞋的由来。

想改变世界，很难；要改变自己，则较为容易。与其改变全世界，不如先改变自己，将自己的双脚包起来。

一个客人在机场坐上一辆出租车，这辆车的地板上铺了羊毛地毯，地毯边上缀着鲜艳的花边；玻璃隔板上镶着名画的复制品，车窗一尘不染。客人惊讶地对司机说："从没搭过这样漂亮的出租车。""谢谢你的夸奖。"司机笑着回答。

"你是怎么想到装饰你的出租车的？"客人问道。"车不是我的，"他说，"是公司的。多年前我本来在公司做清洁工人，每辆出租车晚上回来时都像垃圾堆。地板上尽是烟蒂和垃圾，座位或车门把手甚至有花生酱、口香糖之类黏黏的东西。我当时想，如果有一辆保持清洁的车给乘客坐，乘客也许会多为别人着想一点。"

"领到出租车牌照后，我就按自己的想法把车收拾成了这样。每位乘客下车后，我都要察看一下，一定替下一位乘客把车准备得十分整洁。我的出租车回公司时仍然一尘不染。"

改变别人是事倍功半，改变自己是事半功倍，一味要求他人倒不如更多地反躬自问。你用心珍惜，他人自然会有所感受。当我们不再将眼睛盯着别人，回到自己的心灵世界，将尘埃打扫干净，你就会发现自己愉快了，别人也会跟着愉快了。

来一个"一招狠"

　　曹魏末年，司马懿和曹爽受遗命辅佐幼帝曹芳，曹爽凭借其宗室之臣的特殊身份，骄横自大，培植亲信，把权力逐渐收拢到自己手中。司马懿并非没有实力，但正是为了彻底打垮曹爽，他一味退让，诱使对手高度膨胀。他几次率大军出征，在朝廷和军队中巩固了自己的威望之后，不但不以此向曹爽争权，反而声称风瘫病发作，回家静养去了。曹爽派人探望，只见他老态龙钟，手脚抖颤，反应迟钝，一副行将就木的样子。曹爽以为他确已不足为虑，更加恣横无忌，引起统治集团内部非曹爽派系的人纷纷不满。看起来他的势力很兴旺，但实际上完全失去了应变的弹性。等到时机成熟，司马懿突然发动政变，挥手间就把曹爽击得粉碎。

　　陈晓晨是毕业于东北大学软件学院2011级计算机系的学生，他参加了去年公务员考试，并成功成为辽宁省某厅公务员。

　　小陈在充分复习后顺利通过了笔试，开始积极准备面试。"当时我记得我的笔试成绩和排名第一的人相差7分，我知道只有通过面试这短短的30分钟来缩短或超越这7分的差距。"小陈在接到面试通知后及时调整心态，对自身的外观进行了刻意的包装，并从网上了解了公务员面试中要考查的几个方面的能力和常见题型。在接到面试通知到面试期间，他没有熬夜背

书，而是保持正常的饮食起居规律，做好了充分的准备，以最饱满的精神迎接面试。

面试当天，小陈身着蓝色的西装、洁白的衬衫和深色的领带，饱满的精神加上满脸的笑意更给他增添了几分自信。面对考官的问题也能应对如流。

问："如果你遇到了挫折，怎么办？谈谈你过去的经历中有过挫折和失败吗？你是如何对待的？"

答："首先看看挫折的程度是多大，我有没有能力克服，如果不能，那么我会在挫折中总结经验、吸取教训，为下一次成功积累经验；还要从别人的成功和失败中吸取经验教训，避免自己走不必要的弯路；寻求周围朋友的帮助，在哪跌倒在哪爬起，争取渡过难关。"

最后小陈还简洁又不失生动地举了一个自己上高中时的例子……

在场的考官无不纷纷点头表示认同。最后公布成绩时他发现，在面试环节后他竟然超过了第一名5分之多。

小陈总结自己的面试经验就是：心态平和，自信但不自负，考前充分复习，考时仔细分析，了解出题者目的，语速不宜过快，抓住问题的突出点，条理清晰地表述问题。

温柔的陷阱

　　仲永被人称为神童，却因骄傲不继续学习导致长大后一事无成；庞涓因骄傲而被孙膑军队乱箭射死；李自成因骄傲而最终失败；拿破仑因骄傲而兵败滑铁卢；项羽也是因为骄傲而自刎乌江；吴王夫差打败越王勾践后骄傲自满，越王勾践卧薪尝胆，击败夫差，夫差求和不成自杀，吴国灭亡。

　　有一个叫《长出金羽毛的天鹅》的故事。

　　据说，这只天鹅的爷爷的爷爷亲眼看见过基督的血，他们的子孙觉得自己家族跟别人是不一样的，到了这只天鹅这一代，它觉得自己更与别人不一样了，所以，它为了显示自己的高贵身份，不跟天鹅们住在一起，也不跟其他的动物在一起，而是独自选了一个在它自己看来比较高贵的地方住了下来。可想不到它住的那个地方竟然有其他的动物生活在那里，他就一直把弱小的鸭子当作自己的出气筒，时不时去欺负一下鸭子们，心里还总想着哪一天能把小鸭子们赶出自己视线范围就好了，然后那一大片地方就是自己的家园了。可鸭子们根本没有把它当回事，虽然天天受天鹅的气，可鸭子们就是不搬家。

　　一天，天鹅突然发现自己的翅膀上长出了一根金色的羽毛，它很高兴，在它看来这更能显示自己的高贵之处了。接着第二天，他又发现了自己的

脖子上也长出了一根金色的羽毛，然后在自己的背上，尾巴上都有金色的羽毛长出来，它很坚定地相信自己到时一定会长满金色的羽毛，因为它的出身跟别人不一样。"等到我全身都是金色的羽毛时，那才威武呢？看那些鸭子们会怎么看我！"天鹅得意地想。

天鹅身上的羽毛越长越多，它的身体也变得越来越笨重了，感觉走也走不快，它想想是应该这样，大人物走路就是这样的，一步三摇。

当天鹅身上的那根最后的羽毛也变成金羽毛后，它想下水去洗洗自己的身子，可奇怪的事情出现了，它刚把头探进水中，可由于自己的身子太重了，它一头栽了进去，身子直往水下沉，它在水中一边挣扎，一边呼喊救命，它心里明白这个时候肯定是没有人来救它的，因为，平时它没有对一个人好过。

等天鹅醒过来时，发现自己已经躺在水边的草丛里了，旁边围着一大群小鸭子，它们很关切地看着它，看到天鹅醒了，大家叽叽喳喳说着：好了，终于醒了，终于醒了。

后来天鹅才知道原来自己是被平时最看不起的小鸭子救上来的，天鹅对小鸭子们说自己掉进水中是因为身上长了金羽毛，小鸭子们很奇怪，天鹅身上的羽毛怎么有金色的呢，小鸭子们怎么看不到那金色的羽毛，天鹅朝自己身上看看，奇怪，真的没有金色的羽毛了，这是怎么回事儿？天鹅也感到奇怪。

事后天鹅终于知道了，长出金色的羽毛，是因为自己太骄傲了，金色羽毛不见了是因为自己的傲气没有了。

故事告诉我们的道理很简单，一个人不能骄傲，一骄傲就会带来坏结果，骄傲就一定会失败。

坚持下去的力量

陈安之说："积极向上是所有成功者的特质。"

大卫·贝克汉姆说："只要你能坚持就没有不可能。"

"我是大卫·贝克汉姆，回想 1998 年，我真希望一切都没发生过，整整 3 年我没有一点儿安全感。后来我在比赛中进了球，所有的记者都为我起立鼓掌，艰难的时候总会过去，只要你能坚持下去，没有不可能。"这段话是贝克汉姆在阿迪达斯的最新广告里说的，而这个故事再次让所有人感受到了永不言败的运动精神，借用广告词："只要你能坚持下去，没有不可能。"

雷德蒙德："我不会用担架离开，我要跑完。"

1992 年巴塞罗那奥运会上，又一个英雄诞生。英国男子 400 米选手雷德蒙德曾因为受伤而在汉城奥运会上退出比赛，此后他经过 5 次手术，只是为了回到奥运会来拿牌。

半决赛那天到了，雷德蒙德的父亲吉姆和 6.5 万观众一样，高坐在离火炬很近的看台上。比赛开始后，雷德蒙德立即取得领先地位。但就在离终点还有 175 米时，几乎肯定要进入决赛的雷德蒙德听到了体内传来的一声不祥的声音，那是他右大腿肌肉撕裂的声音。他就像中枪一样瘸了。

　　父亲吉姆在看台上低声喊道:"天呐,不!"而在场上,脸色发白、腿部发抖的雷德蒙德开始用一只脚跳跃,然后他慢了下来,摔倒在跑道上,紧紧抓着自己的右大腿。医疗人员冲了过去,吉姆也从看台上往下狂奔。雷德蒙德知道自己的奥运奖牌梦想已经终结,泪水滑过他的脸颊滴到跑道上。

　　但雷德蒙德对医务人员说:"不,我不会用担架离开,我要跑完。"此后的镜头进入千万人的记忆:他慢慢爬起来,开始向终点跳去,全场观众起立为他欢呼,声音越来越响。每一步都比前一步更痛苦,但雷德蒙德没有放弃,吉姆最后冲到跑道上,扶着他走过终点。6.5万观众都在欢呼、鼓掌和哭泣,这成为了奥运会上最经典的一个篇章。

第六辑

别让机遇擦肩而过

付出总有回报

环境再差也有人脱颖而出，环境再好也有人挑三拣四。转体制不如转观念，换行业不如换脑袋。没有夕阳产业，只有夕阳心态。

美国哈佛大学的一项研究表明，转行的跨度愈大，转换的学习期会拉得愈长，时间成本愈高，所需要的心理准备与经济准备也要越充足。

他是有天赋的！初中毕业不久，他就签约了太平洋唱片公司，跟他一同签约的其他艺人有些后来红了，他却一直默默无闻。后来，居然连歌也没得唱了。

1994 年，他离开太平洋公司，来到北京，在酒吧里当驻唱歌手。他住在郊区农民的房子里，大冬天的，每天蹬两个钟头自行车去酒吧唱歌。这期间，他认识了许多同他一样在酒吧里驻唱的朋友，那些人相继大红大紫，又只有他，像一棵干枯的稻草，黯然地，被世界遗忘在一个阴暗的角落。

2000 年，通过朋友高虎的推荐，他开始演电影，但是大多都是诸如士兵甲、路人乙的小角色。微薄的片酬，根本无法让他维持在北京的生活。

30 岁那年，有朋友劝他：改行吧，演艺圈向来都是年轻人的天下，你不能再耗下去了，何必在一棵树上吊死呢？

以后的路到底怎么走，是改行，还是继续坚持？他的内心充满了彷徨。

可是不久他就想通了，继续在各大片场蹭一些小角色。朋友见了，不由感叹："这是何苦呢？"他笑笑："演艺这条路，我虽然一直都不顺，但是却积累了许多经验教训与人脉，若是改行，这一切还不都得从零开始！"

就这样，他又开始了艰难的尝试与坚持，事业终于慢慢有了起色。2009 年，他在电影《斗牛》中饰演牛二。有一次拍摄，在一座石头山上，三五百米高，场工上去一回都累得直喘，他却要一个镜头从山底跑到山顶，跑三四十趟。戏拍了 3 个月，鞋子磨破 38 双。

付出总有回报！凭借该剧，他一举夺得第四十六届金马奖最佳男主角。从此，事业步入坦途，仅 2009 年，他就参与演出了十部电影。

他就是黄渤，一个俗事历尽、朴实无华的山东汉子。

团结就是力量

　　合作是人类永恒的话题，正是由于郭子仪、李光弼的团结合作，才使国家转危为安，战胜了敌国。正是由于第谷和开普勒的团结合作，才发现了行星运动三定律，征服了世界。正是由于维勒与李比希的团结合作，才使他们成为有机化学的创始者，震撼了化学界。所以合作达双赢。

　　郭子仪和李光弼就是典型的代表。唐玄宗时，郭子仪和李光弼曾同是朔方节度使安思顺的属下部将，两个人有矛盾，平时互不讲话，后来安禄山叛乱，郭子仪升任朔方节度使，统兵抵御，李光弼就成了郭子仪的部将。皇帝命令郭子仪率兵出征，李光弼担心郭子仪会利用手中权力寻机报复。李光弼硬着头皮对郭子仪说："我过去得罪你，是我的不是，今后不管怎么处置我，我都无怨言，只希望你高抬贵手放过我妻儿……"没等李光弼说完，郭子仪紧紧抱住李光弼，满眼流泪地说："国家危急，百姓遭殃，正需要你这样的人才。此时，怎能计较个人恩怨？"从此，郭李同心，将帅协力，在平息安史叛乱中，战功卓越。

　　正是由于郭子仪与李光弼的团结合作，才使国家力量强大，平息了安史之乱，达到了预想的目的。试想：如果郭子仪和李光弼不合作，而是斤斤计较，针锋相对，则他们还会在安史之乱中取得胜利吗？可见合作是双

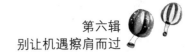

赢的前提。

在南美洲的草原上，有一个动物演绎的惊心动魄的故事：酷热的天气，上坡上的草丛突然起火，无数蚂蚁被熊熊大火逼得节节后退。火的包围圈越来越小，渐渐地蚂蚁似乎无路可走。然而，就在这时出乎意料的事发生了，蚂蚁们迅速聚拢起来，紧紧地抱成一团，很快就滚成一个黑乎乎的大蚁球，蚁球滚动着冲向火海。尽管蚁球很快就被烧成了火球，在噼噼啪啪的响声中，一些居于火球外围的蚂蚁被烧死了，但更多的蚂蚁却绝处逢生。正是由于蚂蚁们的团结合作，才使更多的蚂蚁绝处逢生。如果它们每个人都只想活命，而不团结起来，恐怕到最后谁都活不了，可见，团结的力量是多么伟大。

感谢"魔鬼"领导

几十年来，美国陆军及其他部队、NBA球队85%的球员接受过"魔鬼训练"，将"魔鬼训练工厂"搬入自己培训科目的企业更是不计其数。

一半魔鬼一半天使的台湾首富郭台铭，他给人的感觉是"霸气"十足。不能不承认，这位有些"独裁"的领导者，确实有他的过人之处。和郭台铭共事10多年的高管向媒体表示，跟着郭台铭，确实有"打天下"的感觉。军事化的纪律与精准的执行力，让富士康在瞬息万变的信息产业中基业常青。

"领导者做决策时，哪怕上刀山下油锅，也得带着头往前冲。如果你要把它说成'独裁'，我也不愿解释。不过，独裁必须是'为公不为私'。"

台湾科技界都称郭台铭为"枭雄"，并以"顺之者昌，逆之者亡"来形容他。台湾的媒体更是感受到了郭台铭的"霸气"。

郭台铭是个工作狂，每天工作15小时以上。有时即使晚上刚下飞机，他也会马上赶到公司开会，好像不知道什么是疲倦。为了保证按时交货，他甚至直接冲到生产第一线，卷起袖子，操作机器。如果遇到客户退货，他除了生气、骂人外，也会放下董事长的架子，带着员工上门赔礼道歉。

据说，每个进入富士康的新员工，上岗前都必须接受为期5天的军事训练。对于高层主管，郭台铭的要求更为严格，他随时随地向他们提问，如果答不上来，骂人的话立刻脱口而出，这些千万富翁，照样要在会议桌前罚站。据说，只要是郭台铭下达的命令，即使远在地球的另一端，相关负责人也要在 8 小时内回应，没有时差的则必须在 15 分钟内答复……

对于表现好的员工，郭台铭又像"天使"般慷慨。在 2002 年的年终庆祝会上，郭台铭打算对辛勤工作了一年的员工进行犒赏，于是拿出了 2.3 亿元新台币！与经理们一起吃饭时，他时常动几筷子就不吃了，等大家都吃饱了，他才把剩下的菜倒进碗里，大口大口吃下去。

就是在这样一种刚柔并济的管理中，富士康形成了一股特殊的向心力。

学会控制情绪

权力是领导者的象征，适当地维护领导的权威，无论是在官场，还是在职场，都是一个不能小觑的问题，否则，领导颜面丢失之时，也就是你打包走路之时。

小王是名牌大学毕业，刚分到单位的时候，很受领导的器重，许多重要的工作都交给他做。小王也很争气，许多别人处理不了的很棘手的事情一到他手里，都能迎刃而解。因此，不到几年，他就成了领导要重点培养的青年干部。单位同事都很羡慕他，认为他前程远大。可惜的是，金无足赤，人无完人，小王虽然有才，但是情商不是很高，一是性格比较执拗，爱认死理，二是处事不够冷静，容易情绪化。

开始几年，由于初到单位，小王还能控制住自己，所以他这些致命的弱点并没有暴露出来。然而，随着工作能力提高和经验的增加，他这些缺点开始一点一点地显露出来。如果在这个时候，有人能提醒他，或是他自己能意识到，也许就不会有下面的事情发生。

也就是在去年，小王的父亲病了，需要请假，局长考虑到小王是独子，更出于人道主义关怀，便批了他4天假。小王请完假，就火烧屁股似的回了家。他父亲本来身体很好的，只是出去种庄稼的时候，不小心摔了一跤，尽管问题不大，但是行动确实不是很方便。小王是个孝子，见假期眼看就到了，心急如焚，他父亲知道儿子是个急性子，看出他的心思后，就反过来安慰他："你安心去上班吧，我有你妈妈照顾着，没什么好担心的。"他父亲越是这样说，小王心里越不是滋味。他打定了主意，想请两个月假，尽心尽力地回家照顾父亲。

一回到单位，他就去找单位领导续假，当时局长正和其他几位领导在谈事，小王就气喘吁吁地说："局长，父亲腿摔了，我想请两个月假，回去照顾父亲。"

当时，正值年终，许多事情集在一起，大家都忙得一塌糊涂，见小王狮子大开口，一请就是两个月。局长不假思索地说："局里正忙得不可开交，根本不可能。"

小王见局长一口就回绝了自己，火气就来了，口气强硬地说："父亲病了，都不能请假照顾，难道你不是父母养的啊。"

这话无疑是个炸弹，炸得在场的所有领导都蒙了，各个面面相觑。

局长的脸早胀成了猪肝色，咆哮着说："你想当孝子没人拦你，想长假，除非你辞职。"

小王是一根筋，结果丢下一句："辞职就辞职。"门一摔就走了。

最终的结果是，小王为赌一口气写了辞职报告，局长为了自己脸面拿起笔就签了"同意"两个字。

没有吃不到的天鹅肉

在森林的旁边有一个美丽的湖，湖水很蓝，里面生活着许许多多的白天鹅，所以人们就把这湖叫天鹅湖。森林里住着一只老虎，老虎整天想吃掉天鹅。虽然老虎也会游泳，但与天鹅比起来，那还是小巫见大巫。

一天，老虎在湖边散步，看见了一只美丽的天鹅，这只天鹅正在湖边的大树下休息。老虎抓住机会，就猛扑了过去，天鹅见老虎扑了过来，就拍拍翅膀飞了起来，然后悠闲地跳进了湖水里。老虎正好撞到了旁边的大树上，两眼乱冒金星。不过，老虎一会儿就清醒了过来。马上跳到了湖中，可水战老虎真不如天鹅呀！天鹅马上把老虎甩得远远的。这时老虎只听见天鹅骄傲地说："百兽之王，你的游泳技术真是太差劲了，你用力追呀，你不叫百兽之王吗？"

老虎听到天鹅这样说，气得火冒三丈，可也没有办法呀！谁让自己游泳技术不如天鹅呢。老虎只好回到了家里，不过心里还是非常不服气，老虎暗暗下定决心，我要学习游泳，游泳技术一定要比天鹅好，一定要把天鹅吃掉。我们都知道，游泳可是一门技术活，不是谁想学就能学会的。不过，这还是没有妨碍老虎想要学习游泳的决心。老虎一直勤学苦练，游得越来越快，越来越远，终于老虎成为了森林里的游泳高手。

而天鹅呢，以为老虎永远也赶不上自己，所以整天吃喝玩乐。渐渐的，就不再练习游泳了，因此游泳技术没有太大长进，而老虎的水平却越来越高。

终于有一天，老虎又一次遇见了这只骄傲的天鹅，老虎胸有成竹，直扑过去。自我感觉良好的天鹅又飞到水里，它在水里正以为万事大吉的时候，没想到老虎也从水里冒了出来，飞快地游到它身边，还没等它反应过来就成了老虎的一顿美餐。

从此，八面威风的老虎继续做它的百兽之王，它的地盘也从森林扩展到湖水里了。

这个故事告诉我们：虚心向不同行业的人学习，才能战无不胜。

人情像银行账户

胡雪岩有一句非常通俗形象的名言"烧冷灶"。烧冷灶就是当看到一个人不得志的时候，就给他帮助，王有龄就是他烧的典型的冷灶。

"钱财账背后的'人情'，向来是比钱财更重要的。"胡雪岩认识到这一点。因此，胡雪岩在平时与朋友的交往中十分重视情感投资。

当年王有龄落魄时，胡雪岩冒着钱打水漂的风险给他送去500两银子，后来王发迹之后，不仅还掉了500两银子，且还了胡雪岩一份人情，这份人情成了胡雪岩创业的资本。

但是当"钱财账"与"人情账"互为消减的时候，胡雪岩向来是将后者作为首要考虑的对象，他宁可舍去钱财，做个人情。

为了能做成"洋庄"，胡雪岩在收买人心、拉拢同业、控制市场、垄断价格方面可谓绞尽脑汁、精心筹划。他费尽心机周旋于官府势力、漕帮首领和外商买办之间，而且还必须同时与洋人，与自己同一战壕中心术不正者如朱福年之流斗智斗勇，实在是冒了极大的风险，最后终于做成了他的第一桩销洋庄的生丝生意，赚了18万两银子。然而，这也不过是说来好听，因为合伙人太多，开支也太大，与合伙人分了红利，付了各处利息，做了必要的打点之后，不仅分文不剩，原先的债务也没能清偿，而且还落下很大的亏空，实际上甚至连账面上的"虚好看"都没有，等于是白忙活一场。尽管如此，胡雪岩除了初算账时有过短暂的不快之外，很快也就释然了。而且，他断然决定即使一两银子不赚，也该分的分，该付的付，绝不能亏了朋友。

这一分一付，胡雪岩获得的效益实在是太大了，它不仅使合作伙伴及朋友看到了在这桩生意的运作中胡雪岩显示出来的足以服众的才能，更让朋友看到他重朋友情分，可以同患难、共安乐的义气。且不说这桩生意使胡雪岩积累了与洋人打交道的经验，和外商取得了联系并有了初步的沟通，还为他后来驰骋十里洋场和外商做军火生意以及借贷外资等，打下了基础。

同时，通过这桩生意，他与丝商巨头庞二结成牢固的合作伙伴关系，建立了他在蚕丝经营行当中的地位，为他以后有效地联合同业控制并操纵蚕丝市场创造了必不可少的条件。仅仅从这分、付显示出来的重朋友情分的义气，使他得到了如漕帮首领尤五、洋商买办古应春、湖州"户书"郁四等可以真正以死相托的朋友和帮手，其"收益"就实在不可以金钱的价值来衡量。可以说，胡雪岩的所有大宗生意，都是在他们的帮助下做成的。因此，在这一笔生意上，胡雪岩的"钱财账"是亏了，而"人情账"却大大地赚了一笔。前者的数目是有限的，后者却能给他带来不尽的机会与钱财。

大树下好乘凉

在官场和职场中混，入对阵营，找一个靠山很重要。

战国末期的风云人物李斯，一天经过一个粮仓时，偶然看到一只老鼠，这只老鼠长得胖乎乎的，既不避人也不怕人，他就觉得很奇怪。因为他每天上厕所的时候所看到的老鼠都是瘦瘦的，见了人就逃。他对两处不同的老鼠了做了比较：粮仓的老鼠以粮食为凭借，整天不愁吃，所以长得胖胖的，也不怕人；厕所里的老鼠处境恶劣，常受干扰，胆小怕人。由此，他悟出一个道理，要想出人头地就要找一个好的"靠山"，有了好靠山才能施展自己的才华。

李斯分析当时的形势，觉得秦国由于推行新政，在七国中是最强大的国家，他于是就投靠了秦国。他利用秦国的政治舞台，积极发挥自己的才能，逐步成为秦始皇的得力帮手。秦始皇想统一六国，他献计对六国各个击破，被采用，获得成功。秦灭六国后，他做了秦朝的宰相，极力主张废除分封制，建立中央集权制度，并主张焚书坑儒，废除私学，统一文字，都被秦始皇采纳。可以说李斯投靠了秦始皇，才得以施展才华，成为战国末期的一个风云人物。

这就是李斯的"老鼠哲学"。孟子也说："良禽择木而栖，贤臣择主而事。"

意思是说，好鸟找好树做窝，有德之臣辅佐有德的君主。

当李开复刚刚加入微软时，为了尽快与公司中、高层经理达到有效沟通，他强迫自己每天中午约公司一位中层以上经理吃饭，在他主动、诚恳地邀约下，绝大多数的经理都如期赴约，双方建立了一种互信基础，这对李开复日后在微软的发展起到了很大的帮助。

众多成功人士的背后，往往都会发现贵人的身影。他们紧跟着贵人，受到贵人的提携和帮助，甚至有的人最终取得了超过贵人的成就。

《宫》里面，八阿哥原来是深受康熙宠爱的，不管他做了什么事情，都会被康熙称为帝皇之才，但到了后期，八阿哥无论做什么都会被康熙训斥。这是他能力有变化吗？并不是，只是因为他妈穿越了回去，八阿哥在皇帝身边失了靠山而已。

在清宫里面，有一个好额娘比有什么都重要。而在职场里面，有一个靠山绝对比有能力更重要。

对手就是帮手

　　鲁迅是伟大的，他的伟大，至少一半要拜对手所赐。看看他的那些对手吧，胡适、林语堂、郭沫若、成仿吾、陈垣，最次也是梁实秋，个个都是国内顶级文人学者，学富五车，满腹经纶。为了与他们论是非，争黑白，鲁迅不得不使出浑身解数，动用自己的所有知识储备，殚精竭虑，呕心沥血，所以才有了那一篇篇闪烁着智慧光芒的杂文，才奠定了他在现代文学史上的崇高地位。

　　姚明在美国NBA的前进轨迹，则步步都是在与对手的厮杀中奋力拼搏，步步都得益于对手的激励和进逼。从大鲨鱼奥尼尔、太阳队的小斯，到魔术队的霍华德、马刺队的邓肯，他的每个对手都有自己的绝招，都会给姚明制造麻烦，每个对手都逼得姚明要拿出招数应对，而每战胜一个对手，姚明就前进一步，在与一个个强大对手的较量中，姚明终于成为NBA的顶尖中锋。

　　20世纪80年代初，史蒂夫·乔布斯和史蒂夫·沃兹尼亚克共同创立了苹果电脑公司，在"苹果"计算机系统成功的同时，比尔·盖茨和保罗·艾伦共同创办的微软也刚刚发布它的第一款操作系统。这两家企业不断发展，在相互竞争中不断壮大。随后，苹果在竞争中落后于微软。到1993

年，微软已经统治了计算机市场，而苹果则开始艰难挣扎。到世纪之交时，苹果通过开发新产品，大刀阔斧进行品牌的复兴。尽管微软依然占据着PC行业的头把交椅，但苹果凭借新产品 iPhone 再次成为能够与微软帝国抗衡的对手。在这样的背景下，一则新闻被记者挖掘出来。事实上，微软公司一直在帮助苹果开发软件。2004 年，微软和苹果合作，除了共同升级Office 外，微软还宣布将单独推出一款面向采用英特尔处理器的苹果机的Office 软件。随后，人们又发现，在过去 20 年来，微软一直在帮助苹果机开发软件。可以这么说，正是有了微软的帮助，苹果才能艰难地克服困难，迅速拉近了和微软的距离。

"山中无老虎，猴子称大王"，没有对手，就会鼠目寸光，不知有汉，无论魏晋；没有对手，就会裹足不前，得过且过，最终被时代所抛弃。

不要怕坐冷板凳

古今中外坐"冷板凳"坐出名堂的不乏其人。司马迁在惨遭腐刑后，充任只有宦官才做的中书令，他的板凳不仅冷，而且耻，当权者有意羞辱他，他曾想过死，想过自杀，但在经过磨砺之后，他又想到死也应当重于泰山，而不是轻于鸿毛，于是忍辱吞声，坐在蚕室的冷板凳上，完成了他的巨著《史记》，留给了后人无价的瑰宝；还有那曹雪芹，"举家食粥酒常赊"，最终经过十载增删，完成了中国古典的巅峰之作《红楼梦》。

前有古人，后有来者。"杂交水稻之父"袁隆平，为解决13亿中国人的吃饭问题，乃至解决世界粮食安全问题而殚精竭虑，做出了杰出贡献。但1994年以前，他曾经3次申报中国科学院学部委员（后改称为院士）均落选。他说自己从来没有毛遂自荐参选院士，都是人家推荐的，"我的目的不在于院士不院士。我是搞超级杂交水稻的，只要能够不断出新成果，为粮食安全做出贡献，那就是我最大的安慰。"正是这种淡泊名利的心态，正是这种甘于坐冷板凳的风范，如今年过八十的他依旧"不在试验田，就在去试验田的路上"。

然而，事实证明，坐冷板凳坐久了，会领悟到更多的道理，自然会有一天能坐上金板凳。

据研究，凡是事业成功的名人大家，无不都是那些能够耐得住寂寞，个人的意志和毅力无比坚强的人。马克思为了创作《资本论》，潜心40年，至今大英图书馆里还留有他当年查阅资料时留下的脚印。居里夫人为了得到一克纯净的镭，不管冬天还是夏天都工作不止，在实验室里一干就是几年，仅沙子就用了几十吨。终于，功夫不负有心人，她从沙子中提炼出了几克镭，这是人类第一次得到放射性元素镭，为此轰动了世界。居里夫人因此获得了诺贝尔物理学奖。

在美国大学任教的英国人怀尔斯，近8年间述而不作，人们在大学校园里很难看到他的身影，有人送他一个绰号"数学隐身人"。但是，就是这个"数学隐身人"，经过8年的隐身，终于完成了大费马定律的研究，彻底解开了350多年来无人解决的数学难题。为此，他获得了被称为世界数学诺贝尔奖的菲尔兹奖。

他们的成功似乎都印证了一个真理：先坐冷板凳才能坐上金板凳。

做自己的法师

生活不是一个简单的概念，而是灵与肉的结合。要想提高自己生活的品质，活出精彩，活出自我，就得学会在社交场中营造自己的气场。

生活不是赌气，而是理性与情感的碰撞。要想不被生活欺骗，游刃有余，左右逢源，就要时刻控制好自己信马由缰的情绪。

爱情不是面包，而是心的交融。要想收获真挚的爱情，就要学会与欲望擦肩而过。

对于芸芸众生来说，奋斗不仅是为了过上精品的生活，而是为了求得生存。

可见，我们都有一个属于自己的欲望世界，无论你是事业男，还是煮夫；无论你是潮女，还是剩女；无论你是白领，还是蓝领。只要活在现实的汪洋大海中，就难免会感到压力的无孔不入。

它们一方面来自生存的需要，一方面来自心灵的欲望。因此，化解压力的唯一办法，就是赶走心中的欲望魔鬼，淡定而为！

人其实都是凡身肉体，只要你看破了红尘，心底就会坦然，压力就会烟消云散。日本笑话故事书《长屋赏花》里有这样一个小故事：有一位穷人到郊外去赏花，附近都住着生活很豪华的人，他看了，不禁感慨地说：

"大家都打扮得这么漂亮，衣着艳丽，我身上穿的也是衣服，不过太破旧了，脱下来简直还不如他们的抹布呢！"房东听到这句话，立刻呵斥他说："把每个人身上的皮都剥下来，大家都只剩下尸骸与骨头，有什么自卑的必要。"

故事告诉我们：在感到对方的威严而胆怯时，就要立刻想着他与你的共通点：剥去皮，大家都一样，心灵的重负自然就会减轻。

当然，面对生活的压力，身陷欲望都市，未雨绸缪，磨炼自己，努力提高生存的能力也是必要的。

一只野狼卧在草地上勤奋地磨牙，狐狸看到了，就对它说："天气这么好，大家都在休息娱乐，你也加入我们的队伍吧！"野狼没有说话，继续磨牙，把它的牙齿磨得又尖又利。狐狸奇怪地问道："森林这么静，猎人和猎狗已经回家了，老虎也不在近处徘徊，又没有任何危险，你何必那么用劲磨牙呢？"野狼停下来说："我磨牙并不是为了娱乐，你想想，如果有一天我被猎人或老虎追逐，到那时，我想磨牙也来不及了。而平时我就把牙磨好，到那时就可以保护自己了。"

这则寓言表明：没有压力的生活是子虚乌有的，因此，我们虽然不是狼，但是要有狼的自我意识。

人的心中都有一个魔鬼，它的名字叫欲望。我们之所以觉得生活不堪重负，压力重重，大抵是由于它在作祟。

因此，要想让自己活得轻松，就要当自己的法师，驱魔去邪，净化心灵，找回自我。

压力是把双刃剑

现代生活如一个巨大的高压锅。活到老，学到老，那螺旋式转动的升学，如落雨背稻草，越背越重；那房子的按揭，接踵而至，如滚雪球一般，压得人喘不过气；那尔虞我诈的职场，阳谋与阴谋并驾齐驱，如一个个深不可测的陷阱，令人防不胜防；那失重的爱情和铜化的婚姻，如温柔一刀，让你伤不起，令人茫然若失；那飞涨的汽油，就算你再狠，也让你的汽车变成一只铁蜗牛……

所有这一切的一切，逼得人们不得不歇斯底里地狂喊着：鸭梨山大啊！

马克思曾这样说过，生活就像海洋，只有意志坚强的人，才能到达彼岸。

因此，为了生存，不管生活中的压力有多大，我们都得卸载心灵的重负，抖擞精神，义无反顾地淌过湍急的压力之河，去寻求希望的所在，优雅地生活。

大家也许听过这样一个故事：一个培训师在课堂上拿起一杯水，然后问台下的听众："各位认为这杯水有多重？"有人说是半斤，有人说是一斤，讲师则说："这杯水的重量并不重要，重要的是你能拿多久？拿一分钟，谁都能够；拿一个小时，可能觉得手酸；拿一天，可能就得进医院了。

众所周知，其实这杯水的重量是一样的，但是你拿得越久，就越觉得沉重。这就像我们承担着的压力一样，如果我们一直把压力放在身上，不管时间长短，到最后就觉得压力越来越沉重而无法承担。因此，我们必须做的是，保持内心的纯净，什么也不要想，什么也不要做，将这杯水放下，这样，我们才可能拿得更久。

压力是一把双刃剑，有时可激励人进步，有时却存在着可怕的后果。如果处理不好，对生理和心理会有不好的影响，容易使人疲倦、暴躁、焦虑。更重要的是，它会把我们的身体击垮，使我们易于患病。

因此，我们应学会缓解和释放压力，轻装上阵，清楚内心的尘芥，让内心澄清起来，游刃于大千生活中。

下面是一个关于"绝望的驴子"的故事，它兴许能带给我们心灵的启迪。

有一天，某个农夫的一头驴子，不小心掉进一口枯井里，农夫绞尽脑汁想办法救出驴子，但几个小时过去了，驴子还在井里痛苦地哀嚎着。最后，这位农夫决定放弃，他想这头驴子年纪大了，不值得大费周章去把它救出来，不过无论如何，这口井还是得填起来。于是农夫便请来左邻右舍帮忙一起将井中的驴子埋了，以免除它的痛苦。农夫的邻居们人于一把铲子，开始将泥土铲进枯井中。

当这头驴子了解到自己的处境时，刚开始哭得很凄惨。但出人意料的是，一会儿之后这头驴子就安静下来了。农夫好奇地探头往井底一看，出现在眼前的景象令他大吃一惊：当铲进井里的泥土落在驴子的背部时，驴子的反应令人称奇——它将泥土抖落在一旁，然后站到铲进的泥土堆上面！就这样，驴子将大家倒在它身上的泥土全数抖落在井底，然后再站上去。很快地，这只驴子便得意地上升到井口，然后在众人惊讶的表情中快步地跑开了！

感同身受的是，在我们生命的旅程中，就如驴子的情况一样，有时候我们难免会陷入"枯井"里，会被各式各样的"泥沙"倾倒在我们身上，而想要从这些"枯井"脱困的秘诀就是：将"泥沙"抖落掉，然后站到上

面去！

事实上，我们在生活中所遭遇的种种困难挫折就像加在我们身上的"泥沙"。然而，换个角度看，它们也是一块块的垫脚石，只要我们锲而不舍地将它们抖落掉，然后站上去，那么即使是掉落到最深的井，我们也能安然地脱困。本来看似要活埋驴子的举动，由于驴子处理厄境的态度不同，心态不一样，反而帮助了它，这也是改变命运的要素之一。如果我们以肯定、沉着稳重的态度面对困境，助力往往就潜藏在困境中。可见，一切都决定于我们自己，学会放下一切得失，勇往直前，走出生命的枯井，就会迈向理想的境界，优雅地生活。

《中国青年报》曾报道：中国是世界上自杀率最高的国家，每年有28万7千人自杀，主要原因是忧郁症和压力，而且是唯一女性超过男性的国家。这是三倍于汶川地震的死亡数。

不谋而合的是，在北京心理危机与干预中心举行的研讨会上，有调查显示，中国每年有28.7万人死于自杀，是世界上自杀率最高的国家之一。专家指出，填补中国自杀研究及预防机构的空白已成当务之急。

可见，压力就如内心的魔咒，若是不能适时的释放和排解，就会毁灭人的精神、意志和信念。